受壓迫的人民終將走向反抗一途
王統照寫動盪社會下的民間疾苦

銀龍集

王統照 著

——— 晦暗的生活，無盡的沉淪，鋌而走險，只為苟延殘喘 ———

知識與真相，終究不如現實的溫飽；
安分守己，卻落得家破人亡的慘劇……

目錄

目錄

一天天

「自然就是這麼一天天的鬼混！……」原豐堂飯館的帳先生在初春微雨的中夜裡，一邊走著，一邊想。可是他也只有這一句話的想頭了。這是絕對肯定的話，也是沒力氣的，無可奈何的話。他在肚腹裡咀嚼著，更嘗不出什麼味道來，偏是這樣的深，這樣的黑，街上的電燈因為電力缺少沒了光明，腳下全是黏軟的春泥，使得他走起道來非常吃力。星光不用說，早被漫天的黑雲遮住，就連道旁的樹影也看不分明，他並不知道這是什麼時候了；自然他也無心計算計算。自從在飯館裡將帳目結束之後，一步一步地挨出門來，模模糊糊大約走了有半個鐘頭，還沒有到家。他雖不過是剛剛四十歲的中年人，可是走起路來吃力得很。每到春初他時時覺得腳痛，坐一天的硬木凳子，固然容易使筋血麻痺，及至教他離開那張又髒又黑的木桌的時候，他的兩腿又時時無力聽他開步走的命令。然而酒客走了，夥計們已將一捲一捲的鋪蓋從擱板上拿下，正在息燈掩門的當兒，他又不能不走。每在中夜工作完了時，便常常激發出無謂的感慨。他想：「如果我也能和小夥計們一樣，完了事，就抬木板，打鋪蓋，一骨碌躺下，合上眼睛睡覺去，啊啊，這才是最安舒不過的事。」但又一個轉念便不能不使得他拖著一雙穿了兩年半的破布厚底鞋子，走出門去。因為他記得每個夜裡，「阿珠的娘是要在小白爐上熬一點白米粥在家裡等著的，她也趁著等待的時候，給人家縫補縫補破衣服，作吃飯的補助。……那副被窩髒得要不得，但她卻不主張拆洗，她說：『一來花錢，二來費工夫，人窮了還講究些什麼，橫豎被窩上的汙穢，不是你的便是我的，誰還怕髒了誰不成？』——就是這條被窩也足夠人難過了！自從十八歲在黃塘娶親之後，算起來整整地二十五年了，它沒曾單蓋過一個人的身體，也沒曾離開我們一步。……老固然是老了，那裡來的，……但是為人還要講些義氣，看夫妻分上，半夜五更跑幾步腳算不了什麼。噯！……一夜夫妻百夜恩，……阿珠的娘！」這些茫無頭緒的尋思在他走在中夜的路上時，每每衝上心頭。但是在這天晚上，他忽然有了新感觸了，所以走了半天就只有那一句「自然就是這麼一天天的鬼混！……」的話顛上倒下。這一句話使得他心中沸騰擾亂，失了常態。

他得到這一句覺得新鮮而有味的話，還是這一晚上的新發現，是從櫃臺後面聽見前桌上一位酒客說出的。他那時正聽著小窗外的叫菜聲音，「一碟冬菜炒肉絲，糖溜鍋楂，汁子要濃的，一碟；麵皮五個，白干四兩，東羊毛胡同六號賈先生。……」以及「油餅八張，鍋貼二十個」，等等的尖嗓子，他還得作傳音機器，再說一遍，好令掌勺的人記清。一面又得聽堂倌跑來說「兩角五仙」或者「七毛一，小帳五枚」的數目字，趕快寫在草紙的帳本上。像這樣的工作是心口手腦一齊並用，簡直沒一刻安閒。況且近來原豐堂的生意分外興隆，內務部的小差員、錄事、某大學的學生、堂役，每到十二點或者晚上六、七點鐘的時候，便黑鴉鴉地擠滿了屋子，敲著粗磁的杯盤，唱著小調，或者也有高聲唸講義的，讀小報上的彈詞的，加上嘈雜亂說的聲音，北調南腔，在他看來這哪裡是食堂，不過是變相的落子館呢。因此他的工作便愈感困難，眼裡時時迸著火星，耳膜中如蜜蜂營巢般不住的響動。所以主顧們的言語，不但他不容易聽出，並且也沒有工夫去聽。但在這一晚上卻是例外。落了一天細雨，學生們多在公寓裡躲懶，錄事們也沒有皮鞋，怕在街上踹泥，所以這片小酒館中倒比較清閒一些。當他坐在木櫃臺後面，手撫著算盤的珠，覺得上下眼皮彷彿要合在一起的時候，忽然為前面一種談話的聲音驚醒。原來他先時沒留心，這時才看見正與櫃臺斜對的白木案上，打橫著坐了兩位酒客：一位是司法部裡的候補科員，雖不到三十歲，卻在上唇上留了一簇小鬍子，兩顴高起，削平的鼻梁，稀疏的眉毛，越發表現出他那一副潦倒侘傺的神情；不論是極冷與炎暑的天氣，總是穿了他那身陳舊的灰色芝麻呢夾袍。他倒是這原豐堂的老主顧，每到一個月尾，他名下的零菜帳總照例有幾元錢，他總沒有一次爽快的清過帳，因此與原豐堂的來往便愈交愈久，也因此這位帳先生是認他認得最清楚不過。在這位候補科員身左的圓凳上，卻坐了位身個高大，梳著明黑可鑑的分頭的壯年人，濃濃的眉毛，一張橫裂的大嘴，坐在那裡，一邊吃著碟內的菜蔬，一邊不住的搖動他的雙腿，將案上的杯盤引動得叮叮噹噹地響個不住。說那句話的正是那位倒楣樣的少年科員。壯年漢子答覆的話，聲音粗澀，所以將這位正在瞌睡的先生由夢中驚醒。他用冰冷的手指節揉揉乾硬的睫毛，便知道又是他的老主顧帶了朋友來開晚餐會了。他正看見少年科員用他那瘦細的手指，敲在白磁杯子上，如同要說開場楔子似的，嘆了一口氣，便慨然道：

「你還不知足！當了第三軍的執法官，出來坐不花錢的車，高興時還可喊上幾個護兵到八埠去開開心，在堂上作威作福，敲那些活倒運的小子的小竹槓，真寫意極了！……有什麼，知足不辱！哪裡像你老弟。哼哼！……壓根並沒得混過世面。自從坐了五、六年冷板凳之後，不信你去打聽打聽，跑了多少腿，好容易找了五個議員的面子薦到這個活現世報的衙門裡去，才夠勁哪！二等錄事，兩年；頭等錄事兩年半；還算走運氣，碰上他（他說著便用竹筷在案上畫了一個字）升了總長，又托面央情，走狗洞，方能夠升到現在。老劉，是人幹的嗎？冒風冒雨，早起晚眠，一月拿不到四成薪水。……還常常看科長的臉子！他不高興時排揎上你一頓，連比狗不如。……勁大哪！那個小樣誰受得了？可是你不受正好，滾開，讓位子，還少人嗎？……老劉，我只有一線生路，賭咒，誰再幹這不像人的活？……總是前世的欠債！……」以後便聽見那位高個說了一些土音很難懂的話。末後，他們的白干吃得愈上勁，而帳先生卻似看魔術一般的在旁邊偷睨著。頗有點羨妒的神情。他想：如果我也能有他們中一個的身分，這一輩子準不會嘆老嗟卑，一定十二分情願在部裡當科員，或是不知名的官，便不存什麼希望了。即使下一輩繼續下去，也還是稱心足意。阿珠果然命好，準定教他讀幾年書，也弄個一官半職，那麼東鄰禿頭髮的黃奶娘子，哪敢再來欺負叫阿珠為小雜種，欠李玉的那筆五元五毛三的款子還用付還？……他自然是送上的！……他們還在那裡咒天罵地，真不長好心眼。……帳先生觸動了不平與知足的善念，方在奇怪這兩個人太自大了。忽地聽見那位黃瘦的科員，用竹筷敲著白木案邊唱道：奴家喲，奴家喲，生小好似個醜豬婆。

……半夜呀五更裡睡也睡不著。

想起了，……白天哪，俏郎君打從門前過，

門前過，……

……一口冷水吞下了肚皮窩。……以下唱的便聽不很清楚了。但是科員斜對面的那個油髮的高個子，立時頓足大笑噴了滿地的酒。科員瞪了瞪他那雙帶紅絲的眼睛，嚴肅的道：「老劉，你道我打趣麼，……這種日子過不的，這便是好過法。……自然，就是這麼一天天的鬼混下去！來來再乾一大杯，我還有好的唱給你聽，包管你聽了一夜不能睡覺，……乾乾！請啊！」

以後的事帳先生便不再留神了，因為他聽了那一句「自然就是這麼一天天鬼混下去」的話以後，驟然覺得身上打了一個寒噤，將方才那些作科員兒子，紹述先德，以及李玉的五元……欠帳，黃奶娘子不敢罵雜種的那些空虛的意像完全打得粉碎。「自然就是這樣一天天的鬼混下去！自然就是這樣一天天鬼混下去！」這幾個字，彷彿如同針尖刺在背脊上一般使他不安；因為他雖不能評判什麼人生哲學，卻能想過去的仍然是過去，「這樣」便成了一條魔術的繩子，將他和他的生活捆在一起，不能少鬆鬆扣。黃奶娘子的毒罵再沒有法子可以避免，五元幾……幾的欠帳仍然得還，阿珠的希望不可知，這樣復這樣，便終於無法，況且加上「鬼混，」往後退是鬼混過去了；往前進呢，仍然是鬼混，沒有法子，歸根一句話這有什麼?怎麼能吞下肚皮窩去?他在這一時之中，腦海裡驟然翻騰出失望與疑問的波浪，便不能鎮定自己。他拿了一枝禿筆對著櫃臺上那盞滿浮了灰塵的煤油燈痴想，不知什麼時候那兩位酒客出門去了，披了半截頭髮的夥記來喊記帳，他方才清醒過來。不過直到他在十二點離開了原豐堂的櫃臺時，還是迷迷惚惚地想那條不安的疑問。街上這樣多的泥濘，天空中這樣的黑暗，風雨後的一切這樣淒迷，他拐著痺麻的腿腳在道中躑躅著，想那些不可解的疑問。他沒有自憤的心思，也沒有更高傲的慾望，但他終是覺得迷茫。以前他沒曾聽到，也沒曾想到那個就是這樣鬼混下去的問題，的確，他在這一晚上彷彿新找到了一條路徑，是他以前所未經走過的；不過那條路徑是黑魆魆地，且滿布荊棘的毒刺，插不下腳去似的。所以當風雨之後，在無人的街道上溜著的他心中滿了疑問與不安的忐忑。他完全迷惘了，對於剛才的幻想，不要說早已嚥下肚去，連家中的白米粥，阿珠娘在燈下低頭縫紉的一切也都忘了，所餘在腦子中活躍的只有鬼混的問號，在那裡舞動。

他一面在盤算，一面任步走去，也不知過了多少的時間，忽然他仰頭看看天空時卻正有一個流星從雲罅中飛過。在這一瞬時中忽地有了詩意，他想起三十年前自己還在村塾裡隨了長鬍子眏了一隻眼的先生讀《孟子．離婁章》的光景，那正是夏日，每到放學歸來，吃過晚飯，便可聽老祖母揮著藤扇在竹床上講故事。這等聯想，突來的很奇怪。但正因為夏夜的中天時時有流星的閃爍，便不能自主地使他聯想到此。那時他父親在鄉村中各市集上做騾馬的經紀人，常常背了一個褡褳從一個地方到一個地方，每每整個月不回家。有時從外面賺錢回來，便治備些酒菜，一同吃喝。他父親雖是不讀書識字，卻期望兒子的心比人家還切。他是那樣和善與有力的人，被日光熏晒得面皮發出紫黑色的油光，五指粗得如小秤錘似的，往往按在他兒子的肩上，考問他認了多少字，一天唸幾行書？又往往和他那白髮紛披的老祖母說：「好好的培養這孩子，將來或者有點出息，不像我這樣在騾馬群裡過一生。我們窮人家還有什麼想頭，只巴巴地望他寫得字記得帳，打得一手好算盤，過後安安穩穩吃一輩子買賣飯，年終有個幾百弔錢拿來家便罷了。……」這是他父親當初教育他的方針，果然，他後來大了，祖母死去，父親也勞碌死了，他終久也能如了他死父的志願，作了一位記帳先生。但是人事的變遷誰又料得定？他父親生時所羡慕以為最舒服最不吃力便可拿錢的鄉村中的買賣人的生活，到二十年後卻完全變了。鄉村中的安靜生活破裂了，他帶了妻子到這樣奇怪的大都市中要飯吃，憑了他自幼學出的本領，便只好在這樣街頭巷角的小飯館中作會計。……他這時偶然回想起當年的趣味及經驗，卻盼望有父親每天背了布褡褳去和那些販騾馬人講行情的生活，因此他立在那裡更有一種感傷了！就是他自己的現在生活，除了為一點點飲食之外，空空洞洞的什麼也沒有；除了每天坐冷板凳記菜帳之外什麼也沒有，真的，是這樣鬼混！他這時感傷與激奮同時並發，不禁將左腿提起向旁邊一踹。忽地撞在什麼木器上面，覺得足趾尖痛不可耐！他這時才定了定眼光一看，原來正立在一個狹巷中的黑板門首。他真的迷惑了！他才想起他每夜回家時所走的熟道哪裡去了？卻不知怎的走到這樣一個鬼地方？楞楞地回頭望去，巷子是這樣的沉黑，且是似乎很彎曲，幾家人家都早早將門關上，怕正在夢中吧。突然間如迷夢醒來，知道是在迷惘中走錯了道路，他正在想出酒館時向南轉彎的馬道，那裡不是有一道電車路嗎。不錯不錯。但是轉彎時，是由左方還是向右方去的？卻記不清了。正在躊躇著，忽然聽見板門後面有輕微而迅速的腳步行聲，接連著是隻小哈巴狗汪汪叫的聲音，由外向內看，有一閃一閃的黃色的油燈光。他有點恐怖！覺得夤夜中打錯了人家的門，免不得受一場沒趣的搶白；並且自己也沒有分辯的理由，待要拔腿跑去，又怕房主人當了綹賊喊警察，這一來豈不更糟。他的尋思還沒有定準的時候，果然那矮小的板門已經呀的一聲開了。他在門外實在窘的可以，少不了抬抬頭，一一突然的引力又將他的雙腳釘住。原來在門內同時閃出了兩個人影。一些也不曾認錯是兩個婦人。在燈光下由距離不到五尺的地位上看去，清楚得很。在後面一手端了破罩煤油燈的是一位四十多歲純北京式的婦人，睡眼迷夢的。散披著一頭乾髮，後面的馬尾假髻大概是沒來及帶上。胖胖的圓臉，腮邊橫肉一直垂到雙重的下頷，額上的皺紋，雖有幾道，面色卻還白淨，就只是兩隻如尋物事一般的眼睛，有點令人看了感到不安。在燈光的右側，顯見得是比那婦人矮有半寸的，卻是一位打扮得很風騷的二十餘歲的少婦。奇怪！她那棗紅色的對襟小襖，肥短的淡灰色褲子，……襖是那麼樣的短而且瘦，如果裸了下體，會遮不過臍肚；因為衣身過瘦更顯出兩團乳房在衣襟下掩伏著。滿臉上的粉香蒸發出來刺人性慾的香味。由她的面貌上可以斷定她很豐胖，兩道用墨色畫過的眉下，有一對滴溜明轉的眼睛，圓整的腮頰中映出紅麗的嘴唇，唇尖突起。……他在這一開門的片刻中，便將這一些新印象收入迷澀的目光之中。他今天確乎有點異常，不知為了什麼在這黑暗門前遇見了這兩個婦人，一顆心便迸跳起來？本來他每天除了和他那面色黃瘦的妻相見之外，對於女子是少有見面的機會，原豐堂中不要說沒有女子前去鬧飲，就是他鄰舍家的異性，也都是蓬髮破襟七分像鬼的形象。實在他這一時的衝動有點怪，他不但覺得心頭迸躍；並且一聞到那少婦頭上面上的香味，頓時增加了體熱，也同時把一切的思慮一箍腦推開了。

「您請進來！多壞的天氣哪！你老，……哪裡夠想得到還有人來！……好哪，快進來停一歇！……」出其不意的中年胖婦笑嘻嘻地說了。

「可不是？你看，身上多被雨溼了，……到我屋子裡去烘烘。……」更出其不意的那風騷的少婦，便從右側走過來拖住他的袖子往門裡收他。

他茫然地不自主了。到了這時他方知道這條巷子在什麼地方。平日裡也聽見人談過，並且那位朋友還親身在她們家裡住過。那位朋友數說那些姐們的伺候，她們的愛說話，不像那些高等團隊裡的姑娘擺架子，瞧不起人，並且說她們的身體，她們睡覺時的姿式。……這些話他聽了也只有付之一笑，因為他沒有錢，且是天天得去熬日吃飯，那能涉想到這上面。然而這一夜裡他的情感受了無形的暗示，他的身體也得了由悲憂及悵惘中來的激動；所以在無意中看見門內的兩個婦人，頓時將那舊日朋友告訴他的話聯想起來。他又看見那位豐肥的少婦，用那短短手指上來拖他的衣袖時，便將他迷住了。心裡還正在遲回著，口裡卻回覆不出一個字來。就這樣他便成了入堂的不速之客。他疲憊地坐在一把方棱穿藤的木椅子上，覺得絲毫的力量都沒有了。對面靠在灑花布的床沿上，兩條腿交疊在一起的，正是那令人心醉的少婦。她今天晚上，似乎分外光輝，從一層白色的粉下透出那種由慾望滿足而來的奮興顏色。望著這位不速的新客，如同拾得一件黑夜的珍寶。尤其是每用勾引的眼光斜溜過來，看他穿了一身小商人的不入時的衣裝，彷彿分外令她滿意。她故意莊重，親手擦過了茶杯，從白銀鑲嘴的紫宜興泥壺中，倒上一杯紅色釅釅的濃茶與他吃。一會又像不在意地走到門後的掛鏡前面，將小紅牙梳拿起，輕輕地梳攏她的額髮。他初到了這陌生地方，不僅是迷惑地不能自主，並且暗地裡覺得有一種捆縛的勢力，將他釘住了。一個鐘頭前無端的悲憤，與空泛的希冀，到這時都在不可能的解釋中暗暗地消去了，所剩餘的，只有這一點肉的衝動在他向來平靜的腦子中搖晃閃灼。他一邊看著那妖嬈少婦白色的圓腕，在他身邊左右揮動，他一邊想人生便是鬼混的問題，不鬼混又如何？如果鬼混，這也是最妙最適意的地方與方法。他這時只存了個得過且過的主義，更不顧什麼了。他無意識地立起身來。那位方在得意的少婦，見他立起身來，以為他要走了，就霍地用兩條滑膩的臂膀，將他的頭頸抱住。他這時驟然間覺得那女性特有的熱力，將自己全融化了。他便不自禁的也將她攔腰抱住，那少婦也更貼近了身，口裡說些聽不清的話。但就在這時，她已經伸手從他的破衣袋裡將他早上支出的一卷銅元票子取去。他自然來不及管顧，並且也沒曾覺到。……

這時他的肉體欲已升到最高度，哪知那少婦，一手將剛才探得的紙票塞在自己的腰袋內，卻向他耳邊說了幾句話便如飛燕一般地走出門外，反將門帶過來。

屋內的一盞油燈彷彿是油量不很充足了，光彩暗暗地，被窗外透進來的夜風吹動。他斜躺在白線毯子遮蓋的木板床上，如夢如醒地不住的反轉。他瞥眼看見搖搖欲死的燈光，聽聽窗外颯颯的風聲，便漸漸有一點失望與醒悟。再向東面看去，那房門仍然是雙雙的掩好，只隱約地聽見同院的別個屋子裡似乎有男女的譏笑聲音，然而很輕微，一會也就沒有了。

他本來是個勤苦堅定的人，由悲憤後一時所發動的欲念，在這個冰冷冷的屋中，又沒有異性的誘惑，便清楚得多了；況且聽了外面淒苦的風雨之聲，更覺得自己是迷惑得過分了！他一個臥在硬板板的床上，說不清是憤怒還是悔恨？但有一種羞慚的不安的感覺，使他的周身冷栗顫動！於是片片段斷的思想來回衝撞：酒館中的草紙帳，小夥計的破圍裙，那倒楣科員的醉態，那街上的泥濘，生計，阿珠，……白米粥，哦哦！一齊來了！他末後覺得自己的眼角暈溼了。……想到這時候，阿珠的娘不知安睡了沒有？她將怎樣的皺了眉頭，怎樣的一夜不能安眠？……想到這裡，再也忍不住了，他把虛空的未來的希望整個打得粉碎，他將那少婦的媚眼，髮香，柔軟的肌膚又完全忘了，只有一種深潛的不安再不能使得他安穩地在床上靜靜地躺著。便翻身跳下床來，來回地踱著步，彷彿為外面的雨滴作拍子一般的步聲，打破了屋內的岑寂。

他就這樣走了多少時候，天還未亮，也沒待風雨停止，便如竊賊似的偷偷地拔關跑出了這迷人的毒窟。原豐堂這四天內不見那位高坐在櫃臺後寫帳的紫臉先生了。連日的春雨不斷地下著，他們的生意受了天時的影響不少。這一天清早上，那位先生又重複行著走來，有氣沒力地到他那老地位上坐下，顏色比從前好像蒼老了幾年。兩隻無神的眼，深陷在高起的目眶之內，而且不住的乾咳。正當酒館裡清閒的時候，那正在切羊腿的師傅，洗盤碗的夥計們都帶了詫異與同情的口氣去慰問他少有的春病。他在這個小團體中，向來為人羨敬讚美，他在這裡幾年每天坐在他的硬木凳上一動不動，從來沒有告過一天假，但這次的例外事發生，免不得大家都十二分惦念他。都聚攏來問他害的什麼病？當中有一位年老的夥計還敲著他那根晝夜不離的旱菸筒，在恭敬地說：「……像我們是拿了身子作地種的，害不起病，不是嗎？一害病準還挨餓！先生，我這話……對吧？……」他沒有說完，旁邊一位好說笑話的中年廚師接著笑道：「先生的病有來頭呢，壓根便是他老人家天天回家過夜的原故。……」這句話一脫口旁邊的四、五個人全笑了，帳先生的臉便紅漲起來。

「老夫妻了，別人說笑話，先生，你還學剛出嫁的姑娘嘍。」老夥計也笑著說。

一會大家都忙了起來，館子中一片喊呼與刀板煎炒的聲音相混。獨剩了這病後的帳先生在櫃臺後面仰頭出神。

他的思想紛擾而且沉悶，看見天上灰色的雲堆，又看看帳上的數目字，都像向自己嘲弄，揶揄。灶上一陣陣腥辣的氣味更使他怯弱的病體難過。……他不經意地將眼光一斜射到那天晚上少年科員與高大個吃酒唱小曲的地方，他便覺得耳邊嗡嗡的亂鳴。他一邊想，一邊隨著自加解釋，他想全是聽了他們的話自己妄想，自己墮落，失了幾十吊的票子，挨了半夜的冰凍，辜負了，……一生也洗滌不了的可恥！……這全是由那句「就這樣一天天的鬼混下去」造的孽！又想那誘人的妓女，不也可憐？還不是為了鬼混？誰都是如此？你不想鬼混，你便一天也混不下去！……想到這裡，似乎心地上平靜了許多，似乎從恐怖失望之中得到了一種慰安。

後來，在肚內嘆口氣，自己慰安自己道：「不要妄想，也不要妄聽！……還是安安穩穩地寫草紙帳本，晚上回家吃白米粥。……」他這樣無可奈何地想去，漸漸將頭伏在木案上了。忽地又記起多年前讀的兩句書，便微微地讀道：「達人知命，」「君子素位而行。」他記起了，這彷彿給他煩擾的精神上添了無限的活力。他一手摸著下頷，卻點著頭在那裡尋味讚賞。這一來他便似乎也有一分的古之達人君子的態度了。

「哈仁炒餅。……」「菌絲素煨八仙，……」一位夥計從裡面唱著走來，掌櫃先生卻正在向這兩句古書上用功，便突然楞了一下：「難道這小夥計也讀過這兩句書，學來說著打趣我麼」？

一九二四年春

水夫阿三

將近黃昏時，熱鬧的東單牌樓大道旁擠滿了愛逛的閒人。每一個晚上，雖有做小生意的四角明燈在每條大街上高高懸起，罩著炒栗子的鍋灶，顯出夜市一角的影子，卻也有不少的工人，停當了他們的工作，吸著嬰孩牌香菸，拖著疲緩腿腳溜回家去。

因為這天是國慶節又兼做「先聖孔子」的生日，遊人特別多。踏著皮靴提了手杖，來回奔走的閒人都像很滿意地在到處表示他們的身分。由大道旁往那個最大最引人的市場去的人直是湊著肩膀向前蹭。

阿三匆遽中目光觸著那些穿顏色衣服拿著手絹與小皮包的生物，最使他覺得另樣。

「真有點怪！」他把雙手插在青打稔袂襖的袋裡這樣想：「好運氣，今個兩隻膀子還算痛，管他的！……別呆想，人家那是太太奶奶們呀？……像朱家似的在家裡蓬著頭，臉也不洗，卻一例穿得夠講究。……那朱家二姨太太長得真好模樣，胖胖的臉蛋，嘴唇上的胭脂紅得像……喊香香的聲口，真脆，不就是曾在臺上唱過花旦吧？……昨兒個大清早在她院子裡碰見她，連上身的鈕釦還沒扣齊。不知什麼綢？褲子綳得多緊，露出兩個圓圓的，……哈哈……」阿三走道的姿式漸漸有些忘形，頭低下來，似瞧著腳跟慢慢踮去。他胡思亂想來猛然有一種神祕地不能自已的趣味——有點熱，又有點臭氣，這混合的感覺從他的喉頭達到他的下體。他被這奇異的刺激逼得自己也覺出好笑。

「哈！……」她也有那種事？……不一樣，不一樣，多麼溫軟，多麼窩心！呀，『大姐呀，半夜唉，三更唉……』……」他幾乎高聲唱出，一陣心上跳動，像一把尖熱的鐵鉗將他周身夾了一下，不知怎地會哼出這句久壓在記憶下面的「五更天」小曲調。

忘了向旁邊看看，無意中撞了行人的肩頭。他突然停住腳步，接著一陣尖銳的女子聲向他耳朵衝入。「您哪個人？撞屍，不開眼！幹嘛往人家身上挺？……」及至他定睛看明身旁的一個，竟訥訥地回答不出。原來那也是個異性生物：光亮的黑髮，盤絲髻，一件月白竹布短衣前面也很飽滿。比量身材，比自己約矮半尺。一樣是粉抹的圓臉，如掛鉤般兩堆濃髮之下有兩串打鞦韆的墜子，正因她急聲喊叫墜子搖動的更厲害。

他第一層的打算，準要賠個「小心」，一時可找不出相當話好說。即時從她身後轉過一個分頭齊整穿號衣的高大男子對自己狠狠瞪了一眼，嘟囔幾句他聽不懂的話，便拉了那引人的生物向西邊逛去。

他只聽得幾個音：「耐篤格殺千刀：死煞快！……」阿三茫然，如聽了鬼子的怪話。「先聖誕日」的大街上，似乎獨剩下了一個水夫阿三！因為他看別人多是口含著糖片，或喊著「孤王酒醉桃花宮」好聽的驕傲曲調；不就是梳了鬆垂辮髮，插著珠光明麗的梳子，那一群群好看的引人饞咽的生物。總之：都很活潑，和樂，聰明，而且滿足。自己呢？加不進去！開著口，唱不出；嗅著發燒的香氣，又不得近一近。於是，他才明白自己是「一個」。「一個」，如同鑽在四周都是冰硬的鐵牆之中！沒處去，也沒處找到明光。於是，他開始覺得兩條粗筋突結的手臂有點痠痛。同時，看見高的，平的，歪的，無白罩的種種電燈都在眼光下左右旋舞。他正在憤悶，正在想和任何一個人廝打一陣……又是一陣特異的香粉氣味從他身旁擦過，他立刻將眼睛擦得明亮，立住，釘住看。唉！這一來，從他心底生騰出十分敬畏，十分忐忑的意念。沒有可愛也沒有可惡的情感，沒有撫摸的也沒有廝打的慾望，只是茫然的畏怖，奇異的欣羨。彷彿在危難中遇到菩薩降臨，這力量使他頓時清醒了。

原來那是一群從臺基廠北面走出來的銜大菸斗，凸著肚皮，紅臉膛；有的露著雪白脖胸，披著黃髮，束著小鹿般的前胸的一群咕咕呱呱男女，正眼也不瞧地，由他身邊向北京飯店撲去。

一隻汙毛貍貓在三腳破椅上閉著眼打盹；一個藍地白花粗磁碗在潮溼土地上斜臥，缺口處流出高粱米的紅粒；一盞矮罩煤油燈扮著小三花臉子，像撮著嘴打呼哨；——一對年紀命運相似的男女，——一個撚麻繩，一個夾著快燒盡的香菸頭在那對坐。

這是水夫阿三和他的妻。

天橋東面，這條骯髒臭味難當的小巷，在夜裡不過十點鐘，已經沒了車影蹄聲。只有乾澀的破胡琴弄出單調難聽的聲音，以及小孩們害餓索乳的號哭，酒醉人在街口上「噯呀……噯噯噢！……」的亂叫，宛同哭又宛同笑，從清冷的空氣裡時高時低地傳動。

豎櫺小窗之外，有風吹沙土的撲打聲，她時時向阿三偷瞧一眼。他大約是裝做沒有看見，盡著垂下眼皮拚命似地狂吸那惡味薰騰的菸尾。有時也用直銳兇猛的目光向她看，似不能忍受又壓抑下不肯俯就的神氣。她眼眶深陷，包含著垂不下的淚珠；麻木與鎮壓中感到氣息的微弱，明明是一寸麻繩撚過三次了，細的，淨的，很結實的了，可又捻三遍，還不出那一寸地方。

「你盡著蹩扭，看你想睡覺不！……」阿三很有權威地，故作抑制地頓著右足說話了。

灰暗色頭髮的少婦不住手工作，沒做聲。

八月下弦的月色從破門外樹影裡透出青色的明光，又從破柴門縫射入，愈顯得矮罩煤油燈的光線微弱。一聲，兩聲，深巷犬吠的連續，時時與這形色淒然的少婦的低低嘆息，聲音相和。

阿三喊了一聲，沒有回應，他便不再言語了。用兩隻粗糙手指，爬梳著他那額角上的短髮，燈光下他那巨大鼻尖上的油珠非常光亮。雖然還不過是三十歲的人，然而從他的面容上看去，顯見得是工作勞苦逼著他由壯盛的中年走過去了。他，這時正在沉默地尋思著種種事，一天重累的工作又整個由兩膀的筋絡中聚結成一團的小箭簇，向他混沌的中心投射過來。一切的影像也模模糊糊地記起。但，他是水夫，從七、八年來過著轉輪似的生活，不管是溫和的春晨，或是冰凍的冬早，差不多在街上看不清人影時，他已將那輛與生命共載的小獨輪車子推起，到水廠裝了幾百斤的水量，分送到一個街頭，一條胡同去，直到日落後方才停工。他不知道什麼「減少工作時間」，也不明白除了吃棒子麵，推獨輪車外，更有什麼世界。而他對於人人所用的水，不愛惜也不詛咒，只是常常有一種親密的感想，當他將一桶桶清水倒來倒去的時候。他看他的妻也正如一輛水車，——他的生活中一架肉做的機器。這架機器是供他使用的！他或者看她和那輛水車是同等的，不過功用不同。他這種思想十分坦然，自覺一些也不錯誤，他覺得「妻」的意義是如此，尤其是他的妻。

近來，阿三的性情忽然有些變了，其來源係與跛腳鼓手，及走街剃頭匠皮大，在新街口玩了幾十個銅板一次私窠子的關係。他變得很聰明了——因為他學會未曾有的經驗，雖然平日看他的妻也是一架肉做的機器。因此，他每天推了車子由街上經過時，總不能如以前似的，眼光盡在車輪前面釘住了，不免時時向種種美麗的異性動物著眼，可是，他現在反恨自己太笨，不曾分出好歹。碰見燙頭髮，披各色圍巾的，以及梳燕子尾巴，挽絞絲髻的，他始覺得有些不同；為什麼不同？自己不能解答，也不求解答。但，總都是帶點甜醉性的生物，可愛的，令人發熱，心上容易跳動的！

自從與穿短衣戴大草帽，盤三綹大辮的同人，加入那些戴黑框眼鏡穿白鞋的大群之中，由宣武門到珠市口，得意地，喊著些會學音而不瞭然的口號之後，他便覺得要抬起頭來了。覺得未來的希望正像火花，在天上爆裂。因此，不管屢次誤了工作，他仍然隨合大眾遊街。這在他誠然是一生少遇的大典，雖然受了那肉機器的埋怨。他常常拍著胸脯，勇敢地向同伴伸大拇指，彷彿說他是「鐵打的男子」。常向人說：老婆之類，是不行的！

他，自此後，不但有些英雄勢派，且處處現出是可伸大拇指的風頭角色。他有了「思想」了。這突來的思想的頭一層，是從私窠子的口上得來的。那個生物嘴上，——可怕的醬紫濃色，更引動阿三聽話的注意力。由那兩片醬紫東西中迸出來的不過是：「從煙花巷打出來的才是叮叮噹噹的好漢！」——鼓詞上的話頭，阿三，平常想上三年也不知這句話裡會有如此的奇妙道理。

所以他雖不識一字，卻也明白「罷工」，「罷工」就是打倒洋人，奪回江山，要弄個朗朗的乾坤出來。他不知其他的事，但這簡純的信念一直在他腦中記得住。五、六月，火熱的沙土橫吹時，往往覺出水車分外加重，而英雄的氣派支配著他，總要每天看看胳膀上的結筋多了幾塊。他預備著，如果到「用」的一天，他的身個，膀力，定可肩起紅底金繡「帥字旗」，隨著主將，左衝右突，三出三入；他又一定目不轉睛地看定那老帥的馬子頭。這個夢他做了有二十多天，卻漸漸地消滅了！也不見再有什麼「罷工」的動作了，「罷工」，縱使餓著肚皮啃草也無妨的，在他想。然而事情似乎有點變，不但沒有男的女的種種人物從宣武門到珠市口且叫且跑，也沒見同伴們再提起打倒洋人，奪回江山的話。他偶而忍不住，問那些同伴，他們都扭著厚嘴不做聲。有時碰到前面一個黃衣挎刀的警察走來，他們便趕快向他丟眼色。這樣，使阿三苦悶得要死。有一天，他十分生氣，似乎理直氣壯，向他們的頭目大頭袁問一問，卻得到幾句正言厲色的答覆：「傻小子！作死怎麼？……再說，大兵來切了你的腦袋！……」阿三膽量雖大，聽見頭目都這樣講，便覺得慄慄了！那天，他走到家的時候，摸了幾次腦袋。

事情變化得這樣奇，在阿三想來更覺古怪。他雖是向來取服從主義，卻曾沒有像這次事變使他悶氣再深的了。在鄉間的時候，本是條硬性漢子，只是喊起來的事他就可以傻幹到底，然而這回因有腦袋問題隨在後面，更厲害的是切腦袋之前還沒有飯吃，所以，他雖是抱著悶葫蘆卻從此以後對所謂「洋人」者，再不敢有一點打殺的「思想」。他自己明白，果真遇見他們——存了這個念頭，終究怕免不掉切腦袋，而更重要的，是大頭袁會喊出「滾開！……」那兩個有力的字音！

阿三也不是以前只管推水車的阿三了，他漸漸地好同人打吵子，好將不會說的罵人話對同伴大聲喧鬧。……更厲害一點，就是他也漸漸懂得「頹廢」，雖然他不會擺弄名詞。設使阿三也識得幾個字，一定也唱感傷的調子。這有什麼分別？真的，他早在灰黯生活中感到空虛，感到無聊的憤懣！「為什麼？」他是連這三個字也想不到的。他順了自然律的支配，要喝白干，耍老婆。這或者便是識字先生們常抈抈嘴唇，頓足大喊的「醇酒婦人醇酒婦人」的表示？

於是他也經過私窠子的訓練，知道老婆們有種種不同，知道私窠子土炕上的趣味。阿三居然有些「大手」，他在私窠子臨走，緊瞪大眼看那滿臉白堊的異性生物時，——將二十枚銅元滿不在乎地丟在蘆席上。與他同去開心的跛腳鼓手，剃頭匠皮大兩個人在街口的公廁旁，常常讚美他「好的，好的！」他心上也彷彿伸出一個手指。

於是，他的「思想」也大有覺悟。罷工，打倒洋人，切腦袋之類的事，彷彿舊夢中的記憶，不甚理會了。而他唯一的回憶，便是老婆的好處。

也因此，他在街上，在人家的家中，無論如何，見了老婆之類的總瞪幾眼。

他每天由家中起身時總比從前晚了，他的妻越發枯瘦，……

總之，阿三自找到一個新趣味的世界。

他對於大頭袁的反感，也漸來漸淡了。

秋末的夜雖長，而阿三在這晚上特別覺得短。他想到那三姨太太的白胖面孔，臀部的圓形，想到別人罵他「殺千刀」的由來，他更感傷了！這不但是有不平等的憤慨，且滿浮著生命的躍力在他全身突動。雖然沒好氣，似乎看不上眼，卻又有忍不得的心情，他伸開粗糙雙手，推動妻的肩膀。

「不，……後天再約他們到小寶那去。到椅子胡同取月份，一定夠了！『多去更有情分。』……喂！」阿三在一個憔悴呻吟的生物上面，做著色彩強烈的夢，奮力地想著。

門外，霜風虎虎，吹得樹葉子在狹巷裡飛著響叫。天上有幾顆寒星垂著晶明的淚滴。

似乎夜也在重載之下呻吟著！

門外，霜風虎虎，吹得樹葉子在狹巷裡飛著響叫。天上有幾顆寒星垂著晶明的淚滴。

一九二五年十月十七夜深時

刀柄

一點風沒有，飛舞的大雪花罩遍了凍地，正是義合鐵匠鋪燃旺了爐火迸擊出四散火星，製造利器的好時間。這兩間長寬各一丈見方、紅岩石砌成的老屋裡，只聽見煤炭在火爐中爆裂聲；幾隻鐵錘一閃一落地重打在鐵砧上，有節奏的應和聲；以及鐵鍋裡熔煉純鋼的沸騰聲，鐵器粗粗打成，從火裡蘸到冷水時的特別音響。除此外，輕易聽不到工作者的言語，似乎這隆冬的深夜只有鐵與鐵，鐵與火，相觸相打的急迸音響。外面是雪花飛揚的世界，屋中卻造著刺砍的兵刃。

這是城東關著名的鐵匠鋪，門口掛著三叉形武器的鐵招牌，不論晝，夜，在黑魆魆的檐前耀著尖銳的威武。它是鋪主人曾祖的特製器。那時，屬於這城的鄉村忽有狼災，是從古舊的琅琊山下跑到平原來的餓狼群，幸得這鋪主人的善使三股叉的祖宗把精鐵打成多少鋒利長叉，交付與鄉村青年，救了那場稀有的獸災。因此，這幾個縣裡沒有人不知三叉鐵匠鋪的名氣，反而把義合二字掩沒了。經過七十多年的時光，獨有舊門前這鐵質招牌未曾損壞，雖然三個銳尖也變成小牛角般的鈍角。

在所謂承平的時代，他們只造些鍁、犁，叉、鐽等農家的工具，與工人們用的斧、鑿、鋸、錛，再便是裁紙本的小刀與剪斷絨的繡剪，這類書房與小姐們的法寶。然而用途廣了，生意並不冷落。近十年來，真的，成為有威力的「鐵器時代」了。他們的出品也隨了「文明」的發展，什麼一尺多長的矛頭，幾寸寬的長刀，給警備隊與民團配置的刺刀，甚至於小攮子，也十分流行。所以這老鐵鋪的生意不唯不比從前衰落，反而天天增加他們的出品。雖然在各地方一切的農民、工人，都不大急需那些舊式粗蠢的工具，而書房用品與小姐們的法寶也早被外貨與鎳鍍的東西代替了去。

支持祖業的獨東吳大用從他父親手裡接過這份事業，過了二十個年頭。全憑他的經驗，他能捉住這時代的需要，更能從他的出品上十分改良，以求不負「貨真價實」的歷代相傳的鋪規。他從有鐵礦的地方整數揀運來的精鐵，用他祖傳的方術，絕不依賴化學知識便煉成純鋼，能一錘一錘在砧上打成質重鋒利的殺人利器。左近地方凡是要預備廝殺的第一要事，便是定購三叉鐵匠鋪的槍、刀。只見整大車的鐵塊送來，成擔的矛頭、大刀送出。他的門口比起賣吃食的雜貨舖還要興隆。所以他的工人加多了，身工也貴了，但是門口的招牌永遠任憑它變成鈍角，總不換掉。因為紀念他祖業的由來，而且他從各類人的心理上明白久歷時間舊招牌的重要。

在這一年將盡的冬夜，並非大都市的C城，各種商家因為沒有黑天後的生意都早已關門安睡，獨有這位六十歲的鐵匠鋪主人，還勤勞地督催夥計在做這有關人類生命的工作。

沉默，沉默，火星迸射在打鐵人的臉上，似乎並不覺得熱灼。他們在充滿熱力的屋裡多半赤背，圍著厚布上漆的圍裙，雙手起落的閃影顯出那些筋結突起的健臂。黑染的鼻、嘴，都帶著笑容，足證這工作雖是勞苦，並不使人躲懶。這「力」的生動與表現，若有一種隱祕的興奮注入各個工作者的身心。

孤零零地靠近郊野的鐵匠鋪，風雪長夜裡，正製造著慘殺的利器。雪花打在油紙窗上時作微響。從外面看來，潔白的大地上只射出這一團紅熱的光彩。

屋子是四大間通開的，當中兩扇木條子矮門通著主人的後院。這夜的輪班夜工，連學習的小徒弟一共八個。主人卻坐在東北角的一張白木桌子後面，慢慢地執著大筆用粗手指撥動算盤。他那沉定的、不甚明亮的眼光時時落到屋子中央兩個大火爐上。

在緊張工作中，正是鐵錘連續不斷地敲打時，不但聽不見語聲，他們也都習慣保持著一定的沉默。每過半點鐘住下了鐵錘的起落，全在用輕輕地敲、削、鉤、打，或做煉鋼、淬火的工夫。他們便從容地談著種種的趣話。

「二月，你把這爐火通一通，你看，你不覺得熱的喘不動氣？……這回用不了大火使。」彷彿大把頭的神氣，約有五十歲開外的瘦子，戴了青線掛在耳旁的圓花眼鏡，在爐邊用小錘敲試一把匕首。

一個十四、五歲的孩子，一邊通著爐灰，一邊從腰袋裡抽出一條印花面巾擦抹胖臉上的汗珠。「落雪可不冷？……誰害冷，要到這裡來學點活，準保他一輩子記著熱！」孩子聰明而自嘲地說。

「怪不得今年掌櫃的這裡來薦人的不少，二月想的不錯，真真有點鬼見識。……」是比二月大五、六歲的一個健壯青年，穿著青布單褲，坐在東面爐邊，吸著一支香菸悠然地答覆。

「哼！你們這些傢伙只會算計現在，忘了夏天來到一天要出幾十身臭汗。」口音粗澀帶著鼻塞重音，是正在修理小刀剪鋼鋒的賴大傻的反駁。

戴圓花鏡的老人抬頭看了一看，「我說大傻子不傻了，你不信，聽聽他偏會找情理。」

即時滿屋中起了一陣哄笑，彷彿藉著賴大傻的談話鬆動也鬆開了他們一天的辛勞。

店主人這時隨同大眾的笑語把右手中指與無名指間夾的毛筆輕輕一放，丟在木案上，發出沙啞的聲音：「周二哥，你說現在的人誰是傻子？你放心，他也有眼，有耳朵，從前還可說是老實人，現在……哼！……就沒有這回事。傻子不會生在這個年頭裡。」一屋裡獨有他還穿著東洋工廠織成的粗絨線緊袖內衣，青布棉褲，腳底下卻趿著一雙本地蒲鞋。他已將上鬍留起，一撮尖勁的毛叢，配上赤褐色圓臉，濃濃的眉毛，凡是看過社戲的一見他的面就想起「盜御杯」中的楊香五。

周二哥是富有工作經驗的，在這古舊鋪子裡常常居於導師地位，戴著圓眼鏡的老人。他凡事都保持一種緩和態度，思想常在平和與憐憫中間迴旋不定。因此他雖在少年工人的群中，因為年紀知識，得到相當敬禮，然而背後卻也受他們不少的嘲笑。他以吃份的資格老，在這火光鐵聲的地方，就是吳大用也須不時向他請教。周老頭聽見主人高興的評判話後，卻兀自沒停手，還微微皺起疏蒼的眉頭答道；「話不是那般說：我看來是人便有三分傻！『有眼，有鼻子，傻來傻去無日子。』張口吃飯不就是糊塗麼？一輩子還是打不完的計算，到頭來誰曾帶些到棺材裡去？……」他老是帶著感慨的厭世口氣。

這一套話不但賴大傻與小二月配不上對答，那些吃菸、巧嘴的人也不見得很明了，還是主人張開口哈哈地笑道：

「周二哥，人越老越看得開。」他迅速地將火柴劃著一根，吸了口香菸，有點大會中主席的神氣。「不裝傻子實在也混不到黃的金，白的銀。誰送到門上來？我說，誰都不傻，也是誰會裝傻呀。講『裝』可不容易，沒有本事只好等人家去餵你，……」

他的話還沒完，蹲在爐旁的壯健青年便驕矜地攙言：「我看掌櫃的不裝傻，又不傻，然而咱這鋪子裡生意多好，還不是人家把大把的洋錢送到門上？我可是愛說話，我想……」

主人家的權謀，向來易得夥計們的贊成，他絕不用對待學徒的嚴厲手段，所以夥計們可以自由談話，工作也十分盡心。

他——主人，側著頭，口角鬆弛地下垂，截住這青年的話：「好！你想怎麼樣？試試你的見識？……」

「我想是掌櫃的本事，大家的運氣。……」

主人濃黑的眉毛頓時鬆開，顯見得這句話多少打中了他心坎上的癢處。圓眼鏡老人沒有立時說話，執定銼子，在大煤油燈下細琢細磨地修整一把精巧的小刀。過了二分鐘，他低低地嘆口氣：「本事？……命運？……你還忘了一點。……」

「什麼？」壯健的青年彷彿一個善辯的學生，不意地受到了老師的提問。

老人抬起頭來沒來及回答，忽聽得窗外有人在撣落身上雪花的「撲撲」聲，即時用力地敲著裹了鑌鐵葉的前門。

意外的靜夜打門，使得全屋子人都跳起來。

主人驟然從桌旁掇過一根短短的鐵棒，鎮定地喊問是誰，別人卻驚駭著互相瞪眼。

「快一點！……是找吳掌櫃的。……」這聲音很高亢，急切，顯見得是熟人了。

主人聽了後面的幾個字音，把鐵棒丟在地上，臉上緊張的筋肉立刻弛落下來，變成笑容。走到門邊，一面拔開粗木門，一面道：「我說沒有別個，這時候還在街上閒逛。不是筋疙瘩，還是……」

門開處，閃進來一個一臉紅腫粉刺的厚皮漢子，斜披著粗布製成的雨衣，卻帶上葦笠，穿著草鞋。一進門便是跺著雙腳的聲響，門內印上了一大堆泥水。

「好冷，……這地方真暖和呀！你們會樂。我忘記了帶兩瓶東池子的二鍋頭來咱們喝喝。……」他說著，雨衣撂在木凳上，把腰裡掛著的一口寬鞘子大刀也摘下來丟在雨衣上面。

頓時起了一陣寒暄的笑語，主人便掇過矮凳讓大漢坐下，命二月拿香菸，自己從草囤子的茶壺中倒出了一杯豔豔的紅汁放在矮凳腳下。別的夥計們又紛紛地執著各人的工具開始工作，而圓眼鏡老人到這時才起來伸了一個懶腰，笑著與來客點點頭，把手中的東西丟下，也斟一杯茶在一旁喝著，精細地端詳這雪夜來的壯漢。

突來的漢子把青粗布製服的外衣雙袖捋上去，真的，在肘部已露出聚結的青筋與紅根汗毛。他這時早將門外的寒威打退了，端起茶杯道：「官事不自由，這大雪天裡還下鄉去打了兩天的仗，這不是淨找開心？……你說？」

「啊啊！我彷彿也聽見說局子裡派了兄弟們到石峪一帶去，沒想你老弟也辛苦一趟，怪不得幾天沒有看見。」主人斜坐在大木墩上次答著。

「前天半夜五更起了『黑票』，吳掌櫃的，誰知道為甚麼？管這些事，大驚小怪，足足把城中局子的人趕了一半去。第二天呀，就是昨個，人家冒煙的時節到了，啊呀！你猜怎麼樣？好！……有他媽十來個山莊的紅槍會在那操練。……不大明白。我們的隊長，就是獨眼老子，他先帶了五、六個兄弟們去問他們要人。……」

「要什麼人？」

「說起真有點古董。原來是替第……軍催餉的副官要人。……」

「哪裡來的副官？……你把話說明白點。」主人在城中也是一個十字街頭說新聞的能手，但對於這新發生的事卻完全不懂。

筋疙瘩一口氣喝下一杯熱茶，急急道地：「什麼副官！咱這裡不是老固管領的地面麼？大隊沒到，先鋒卻早下馬了。沒有別的，一個急字令要！要！要！柴、米、穀、麥、牲口、大洋元，縣上一時辦不及，——數目太多，他可帶了護兵，領了差役，親身到四鄉坐催，剪斷截說，這麼一來，碰在硬尖上了。那石峪一帶幾十個紅槍會莊子不是好惹的，向來有點專門與兵大爺作對，這一來也不知那位副爺到那邊怎麼和人家抓破了臉，一上手幾支槍打死了兩個鄉大哥，還傷了一位小姑娘。結局，反被人家把他帶去的差人、護兵，扣下一大半。他下了跪，聽說虧得出來三個鄉老與會裡說和，算有體面，把他放回來。……我想想，這是前天黑夜裡的事。」

戴圓眼鏡的老人執著空茶杯悠然道地：「不用提，於是你這夥又有財發了。」

「周大爺真會說現成話，說起來在這年頭，誰不想發財？還是發橫財呀。可是不大好辦。不錯，那吃大菸的副官到了縣政府幾乎沒把桌子拍碎，一聲令下，不管縣長的請求與人家的勸解，昨一早便強帶著我們去要人。」

「他真是劣種！自己再不敢上前，還是我們的隊長先去交涉，人家正在分訴，那劣種他看見這莊子上只有二百左右的紅會，便放了膽，先打過十幾響手槍去，你猜怎麼樣？那些一個個怒瞪起紅眼睛、紮了紅兜肚的小夥子，一捲風地大刀長槍橫殺過來。這怪誰呢？……」他說到這裡，故意地作了一個疑問，用棉衣袖揩抹額上的汗珠。

正是一個賣關子的說書，一時全屋子的工人都將手裡的器具停住，十幾個眼睛很關切地望著這身經血戰的勇士出神。

「那不用提，你們便大勝而歸？……」主人道。

「好容易！……那時我們跑也跑不掉。那副官，那隊長，在後面喊著『開火』『放呀』的口令，一時間幾百支長槍在小丘子上、山谷口的樹林左近全開了火，自然啦，他們是仗的人多，這次卻沒來得及下『轉牌』。竹葉槍與大砍刀沒有打得過我們，……完了。其實我們也傷了五十幾個……他們那股凶勁真有一手！」

「你呢？」主人像很關切。

「哈哈，不瞞你們說，我還不傻，犯的著去賣死力氣？我跑到一塊大青石後面放空槍，……事情完了一半，活捉了十五個紅小子，一把火燒個淨光。天還沒到午刻，上急地跑到離城十里的大鎮上休息了半天。聽說那邊聚集了幾千人開過大會，這才冒著雪把人犯帶回來。……」

「怕不來攻城？……」老人斷定的口氣。

「攻城？還怕劫獄呢！反正事情鬧大發了。午後那個壞東西打了個電報與他的軍長，已經接了回電，先將活捉的人犯就地正法！……」

「十五個呢！……」忽然那位作細活的賴大傻大瞪著眼突出了這一句。

主人向他看了看道：「用你多什麼嘴！」賴大傻便不言語。

「這還不奇。……」筋疙瘩這時已將衣襟解開，望著熾熱的爐火道，「偏偏點了我們五個人的好差事，是到明天做砍頭的劊子手！……這倒楣不？……」

「……明天？……」全屋中的工人在嘴角上都叫出這兩個字來。

筋疙瘩轉身把木凳上青布纏包的寬背大刀拿過來，慢慢解開纏布，映著燈顛弄著那明光閃閃的刀背道：「冤有頭，債有主！誰教吃了這口飯，點著你待怎麼樣？吳大哥，我就是為這件事情特意來的。我在那邊開火後拾得這把大刀，說不的我明天就得借重它了。我從前只不過槍斃了一個土匪，還是打不準，這一次辭也辭不了，他以為我有點凶相便能殺人。若再辭便受處分。可是我如果這麼辦，先要痛快！反正我不殺他，他也一樣受別人的收拾，不如你騰點工夫替我把這口刀修的愈快愈好。還是他們的東西，叫他們馬上死去，也可以表示出我這點好心！……」他的話受了激動，說不十分圓滿，雖是著名的粗猛漢子在這時反像有些畏縮了。

店主人驟然聽明這一切消息之後，他老於經歷的心上頓時起了一層不安的波瀾。近年以來城外沙灘上的「正法」他知道的不少，卻從沒有去看過。對於這來客的複雜心理這時也不暇作理會。他唯一的憂慮還恐怕一、兩天內紅槍會聚起大隊要來圍城報復，生意怕要暫時閉門，還不定有何結局。他吸盡了一支香菸尾巴，似乎不覺燒痛，還夾在二指中間，呆呆地面對著來客手上橫拿的大刀沒有回答。

圓眼鏡的老人這時在他枯瘦的臉上卻沒略顯驚奇之色，他抬了抬眼皮，向四圍看看夥計們都楞楞地立著，又迅速地將眼光落到主人呆想的臉上。便彎過腰去，從客人的右手中接過那把份量沉的大刀。略略反正地看了看道：「這是一定啊，非修理不可。刀不舊，上面的血跡蓋了一層鏽，你放心，我來成就你的這份善心！恰好今夜裡活不多。大用，你說對不？……」

「……是……是呀，周二哥的意思與我一樣。」主人這時也湊到老人面前把刀接在手裡。他本無意去細看，但明明的燈光下，卻一眼看到刀鋒中間有很細的換補過鋼鋒的細痕，鑲在紫斑的血片之下。這在他人是不會留意的，可是他一看到這裡，臉上現出奇詫與駭怖的神色！執刀的手在暗影下微微抖顫。即時，如同避忌似的把它放在靠牆的擱板上，頓了頓道：「活是忙，但分……誰的東西呀！」

「東西麼，可不是我的。……」筋疙瘩慘笑了一聲，「哈哈！說不定還是他們十五個裡一個的法寶？像這種刀他們會裡能使得好的叫做大刀隊，沒有多少人。排槍就近打中的也是這一大隊上的人多。咳！吳掌櫃的，這種殺人的勾當我幹夠了！誰來誰是大頭子，聽誰調遣，臨時逃脫，連當初入隊時的保人還得拿問。風裡雨裡，殺人放槍，為幾塊錢拚上命？若到鄉間去被大家的仇人捉到，不是腰鍘，便是剖心，這是玩麼？這年頭殺個把人還不如宰隻雞來得值錢。……不錯，我當初不是為養活老娘我早溜了，可待怎麼樣？一指地沒有，做工上哪裡去做？找地方擔土鋤地也沒有要得起人的。……老娘今年也終久西歸了！我就想著另作打算，顧著一身一口，老是拿不出主意來。平空裡又出了這個岔子。……」他粗暴的形態中潛藏的直率的真性，被火光刀影與兩天的血戰經驗全引出來。說話時，圓瞪的眼眶裡彷彿含了一包痛淚。

全屋子裡只有很遲緩很斷續的打鐵聲，似乎都被這新鮮奇怪的故事把各人的心勁弛緩了，把他們的預想引到了另一個世界。戴圓眼鏡的老人回顧著那把在暗影下光芒作作的寬刀似有所思，靜默不語。

善於言談的主人，一片心早被現在的疑思、未來的恐怖弄得七上八下，突突地跳動。

因此，這粗豪大漢的話一時竟沒人回答。

還是圓眼鏡老人回過臉來道：「力老大，你倒有見識，走開吧！不要常在這裡頭混。……等我做了智多星，一定收你做個黑旋風道童。」

除了學徒二月之外，工人們都在城中鄉鎮的集期、從前的農場上、月光下，聽過說《水滸》的鼓詞。他們都記得很清楚，所以一聽老人這句俏皮話，眼光便一齊落在清瘦的老人與滿面粉刺的筋疙瘩面上。即時，他們在意念中把盲先生口中形容的假扮走江湖的吳用，與梳了雙丫髻的李逵活現出來，都將沉悶的容態變成微笑。

「謝謝你，老師傅。……」筋疙瘩把雨衣掖在左臂下，「早晚我一定這麼辦。……我得好好睡覺，天明便來取刀。……心裡煩得很，睡不著，回到局子裡喝白干去。……」他沉鬱地披上雨衣，也不作別，如一條大狼似地衝出門去。

「走啊。」主人在後面關起門來，他那高大的身影早隱埋在潔白的雪花下了。早上天氣過於冷了，雪已不落，冰凍在街道上有一寸多厚。鋪子裡在冬天清早不做大活的，只是修理與磨刮這類零碎事。因此周二哥也沒有來，只有些年輕的夥計在作房裡亂鬧。吳大用不知為了什麼一夜沒得安睡。從東方剛發白的時候，喝得酒氣熏人的筋疙瘩一歪一步地走來，把周二哥給他重新鍛過、修過的大刀取去後，吳大用披著老羊皮襖便抽身回來躺在作房後面裡間的土炕上，點起一盞高座煙燈，開始他照例的工作。

吳大用年輕時連支香菸都不曾上口，後來生意好了，卻也學會吃鴉片。不過他並不是因嗜好忘了生意的懶人，他也藉著這微明的燈光來作生意上的考慮。他更有一種特別的習慣，便是晚飯以後不但鴉片不吸，反而努力算帳。他懂得夜中吸菸早上晏起的道理，便一定在大早上慢慢地吹吸，支持他的一天生活。所以耽誤不了他的事業。

這時花紙糊的屋子裡青磚地上烘著博山磁盆的炭火，他側身躺在獾皮小褥子上，方在用兩手團弄那黑色的苦汁。這個小屋子是他的上賓招待室，也是他的游息地，除掉妻子、還有周二哥，都不能輕易進來。有時隊長與鄉下的會長、團長們來拉買賣，這小屋子便熱鬧起來。

他已經急急地吸下一大口去補救夜來失眠的疲憊，但，第二口老在他手尖上團弄，卻老燒不成。因為在困煩時他正尋思著那青筋大漢，那口寬刃大刀，以及那刀的主人。

他記起了筋疙瘩今早提刀在手出門時怪聲怪氣的話：「好熱鬧，……看我當場出彩！……掌櫃，……別忘了十點二刻！……」他說這些話似已失了常態，手裡執著刀幾乎狂舞起來。大用一直目送他轉過街口。這時在花布枕頭上又聽到了筋疙瘩的語聲。

「不錯！……正是那把刀！夜裡一見就對。四月初五交的貨算來一年半了。石峪中賈家寨那老頭和他那紅臉膛的孩子親來取去的，八十把裡這一把特別的傢伙。……他們這些小子早忘了，年輕的人也不知留心。那把刀背上有個深鐫的『石』字。……那把刀特別寬，鋼鋒是加雙料的，還有那異常精亮的白銅把！……是雲銅把，賈老頭把他多年前祖上做官時帶回來的雲銅大面盆打碎了一片交來，囑咐給他兒子鑄成嶄新的刀把。這事是我一人經手，獨有周老頭動過手化過銅，……看樣子他也忘了？幸而精細，還能看得出這上好白銅的成色。……」

他在片段地回念一年半以前的一幕，那帶著白髮的老頭，那二十多歲自小習武打拳的他的大兒，都在眼前現出。嗤的一聲，一滴黑汁滾在燈焰上把一點的明光掩滅了，他趕快再點好，用鋼簽子在牛角盒裡又蘸了蘸。

「記得一點不差，那把是蓮花托子的，是精細老人出的樣式。……可惜當時專打這托子的人早到別處去了。……他一定認得。……怪不得這小子昨夜裡不住口稱讚這刀把的精工。他們真弄不來，恐怕這樣細工的買賣不會再有。……再有麼？如果今天這十五個人當中沒有那老頭子的大兒？……」他迷惑地想到這裡，驟然全身打了一個冷戰，把皮襖的大襟往皮褥子上掖了一掖。

他吐了一口深氣，彷彿將一切遺忘似的，急急地又吸了一口沒燒好的菸，嗆得乾咳了一陣。放下竹槍，一手無力地執著鋼簽，閉了雙目，又重在腦子裡胡亂推測。

「那把刀除卻他沒人能用，太重，太好，他會與別人用？他，自從這東西打成之後聽說刻不離身。……不知與匪人戰過多少次。……那老頭子太古怪，他把田地分與大家，卻費盡心力教那些無知的肉蛋練武與土匪作對。……幾年來沒見他們幾十個莊子上出事。他有時進城還著實稱讚三叉店中的刀槍真好用。……這回，天運是把刀借與人家？不會！不會！沒有的事！我真呆，怎麼昨天晚上沒細細探問捉的是哪些人。……那老粗也夠不上知道吧？……又大又重的刀，雲鋼刀把，一些不錯，如果是老頭子的大兒？……」他覺得眼前發黑，幾乎要從炕上滾下來。「不至於吧，丟了刀的未必會被捉。況且那孩子一身會縱會跳的本事，……」想到這裡，覺得寬解好多，恍惚間那盞沒有許多油的煙燈已變成了一個光明的火輪。

「他的刀，……這三叉鋪子裡的手打成的，……又修理得那麼快，落到筋大漢有力的手中，被砍的頭滾在地上，鮮血地泉般直冒！如果，……」恰好桌上的木框裡呆睜著兩個大眼的自鳴鐘鐺鐺地敲了一陣。

他不願想「如果」以下的結論，好像吃了壯藥，輕快地翻身跳下床來，恐怕耳朵不好用，然而近前看，雙眼怪物的短針正在十二點上，順眼看到那下面的6字，覺得裡衣都冷冰冰地沾住了。

「吃飯，吃飯回去順道看殺人的去。……」這是作屋中二月那孩子的歡叫聲，他楞了楞，一口吹滅了煙燈。向後窗喊了一個字，意思是喊他正在燒飯的妻，也來不及聽她應聲，緊緊黑縐綢扎腰，從作屋裡衝出去，並沒看清還有幾個夥計。

平常日的黃沙全都在一夜換上了平鋪的白毯，天空中懸著金光閃耀的太陽，朔風吹著河畔的雪，枯蘆似奏著自然的冬樂。這潔白耀目的光明，這日光下的萬物，都含著迎人微笑，在預備一個未來的春之新生。也彷彿特為預備這個好日子助人間行快樂典禮的興致。但可惜這天的雪花上可縱橫亂雜地印滿了鐵蹄與人足的深痕。

幾方丈的大圈子是馬隊與步兵排成的圓屏風，屏風外儘是一重重的人頭。在每個柔和的頸上，他們都是精明與活力的表現，是做著各個特有姿勢在群眾中現出他們的臉子。幾十重的人頭層：種種黑的，黃瘦的，赤褐色的，鉛粉與胭脂的面孔。各個面孔盡力地往上懸蕩著，用靈活的瞳孔搜尋那出奇的目的物。一片嘻笑的吵叫壓下了河畔枯蘆的嘆息。

不久，從肉屏風中塞進一群人，這顯見得有高低、勝敗，「王法」與「囚徒」的分別。許多壯漢扭拉著十幾個只穿單布小衫、垂頭的死囚。內中也有一、兩個挺起胸脯，用驕冷的如血的眼光向周圍大眾直看。那目光如冷箭一般鋒利，因此周圍的人頭都一齊把他們的目光落到那些幾乎走不成步的死囚身上，誰都慌張地避開那些箭一般的死光。

又是一陣特別的喧嚷，人都爭著向前塞，四圍的腳尖都深深踏入泥地，西面城牆上還有些自鳴得意的高處立足者，俯看著擁擠人群的爭鬧，可笑不早找機會，好占地位。

斜披了皮襖、連帽子都沒帶的三叉鐵匠鋪的主人也在那十幾重疊壓的人頭中間。隔著十幾步便是今早沒到作房的周二哥。他們彼此望見，可不能挪動寸步，也聽不見說話的聲音。

吳掌櫃兩隻失神的眼盡在那些壯漢們的大刀下蕩來蕩去。他偏去向那些死囚中找，只有幾個，一個也不對。心裡正慶幸著。然而最後看見刀光一閃之下，執著那把雲銅蓮花把寶刀的凶神，沒穿上衣，可曝出一臉的汗珠子，他！……正是昨夜裡含著眼淚、今清早熏著酒氣的筋疙瘩，啊呀！刀光下面又正是那人，那老頭的大兒！臉上烏黑，一些不錯。他與那些無力的死囚一樣低了頭，眼光已經散了。

他——吳掌櫃雖被許多人擁塞著，卻自覺立不住，一口冰冷的氣似從腦蓋如蛇行般的鑽到腹下部去，啊啊！再看拿那把精巧大刀的，一對紅濕的眼光卻只在注定那把明亮非常的新刀。他不看這死囚，不看這周圍的種種面孔。

「一、二、三、……十五個……十五個東西！」周圍的紅口中有些特為報數的聲音。

他本來沒有勇氣看下去了，又不能走，強被壓塞在這樣的群中。他只好大張著眼，口裡噓噓地也看那口揚在老鄉紳兒子頭上的刀，他的刀！

他忘記了去偷眼望望隔十幾步的周老人。

一顆一顆的血頭在雪地上連接著團滾，吳大用這時不會尋思，竟至連口裡噓噓的氣也沒了，乾焦喉嚨正在嗞著血水。眼全花了，只是恍惚中有若干黑簇簇的肉丸在雪地上打架。血光像漫天紅星的突掃。他的心似乎並不躍動，全身漸漸冰冷。

「啊哈！好快刀！……真快！……」在周圍中忽然投落了這幾個字，又一陣大大騷動。吳大用方看見十五個中末後的他，……已經借了他自己的刀刃把一顆碩大的頭砍下來，有兩丈多遠……執刀人因為用力過猛，也許刀太快些，帶伏在血泊中還沒有爬起來。

他即時被人潮擁出了原立的地位。

人潮鬆退時，他覺得立不穩，一滑幾乎撲在地上，左面來了一隻手把他攙定。——是目光依然炯炯的周老人。

他們沒說一字，周老人的目光與他那像不能睜的眼睛碰了一下，他們都十分瞭然。

一九二八年夏

「隔絕陽曦」

兩年前在故鄉我曾偶然參加過一位親戚家豐盛的壽筵。

那位常是好穿寶藍色馬褂的老人，他的年齡與資格自然是這個小地方「耆舊傳」中的人物。他中年出過「仕」，大約是清末知縣或州同一類官職，又是一般人所稱的「善人」。在鄉下有房地，與一所土山竹樹的花園，還有一座廳堂，一帶迴廊，與一個八角茅亭。因此常被稱羨他會享致仕的清福。七、八個兒孫，小的也在中學裡讀書。地方人時常推崇這老人能以提倡維新，不似許多做清朝官的頑固。這樣有意或無意的讚美，老人每聽見便用尖指甲的右手輕輕捋著下髯微微一笑，笑中神祕地微露出他幾十年生活經歷的反應。他只是甘心隨俗，以「不求其解」的微笑態度消遣他的殘年。

在小小安樂的鄉村中開那麼一次祝壽大會，是出自老人的子孫與賓朋的慫恿。老人對諸事不主張絕對可否，便應允了。但他卻有一個條件便是，任何人凡來祝壽的一律平等招待：不能因為身分分貴賤等次，其餘，便聽憑備辦壽禮者的主持，這在古老的鄉下便是熱鬧而新鮮的辦法了。

我因為正由遠方回到家中，以故鄉的禮俗須去參加，又要看看這老人做壽的辦法，於是在七月的熱天裡，我穿了紗衫往老人的花園走去。

果然有不少去賀壽的人，縣中的紳士與學務委員、校長們，這自然都十分岸然地坐在高背椅與磁墩之上，而這許多馬褂長衫的大人們中間居然也有些藍布銅鈕的鄉老，與滿面油汗的工匠人，他們雖也一律穿件特有或借來的長衣，雖然主人原有平等待遇的宣言，不過這些所謂「下流寄生者」總不與那岸然的人們談得上。在園中的大廳與迴廊上似是各不相犯的防禦地，大人們卻越發顯出寬容態度，高聲談笑，吸著銀花水筒中的皮絲，似在向那些人招呼，「來，我們這次特為容許你們這些人到我們近前！」但雖經主人的一例應酬，卻終不能合在一處。

我正在兩堆人中往返地看著，卻驀然發現有一個穿青羽紗寬袍的和尚，兩手遞弄著一串深紫色珠子立在岸然的一群之中。四十六、七歲，他似乎是這兩大群中的一個特殊角色。他身旁圍立著四、五個著半截紗衫與咕嚕咕嚕吸水菸的大人，正在十分客氣的交談。

「還不到廳上等著開桌……聽那禿頭瞎說！……走，走！……」近三十歲的近視先生從我身旁竹籬邊溜過來，用金漆骨扇招呼站在迴廊中白面皮的那位。

「喂！聽新聞去，他那山上的新聞多啦。……」白面皮的人這樣答著，一大步已經跨出朱紅色的卐字欄外。

「這些東西還有好話說？……真討厭。我犯惡透了這禿頭，他那山上，我看日後一樣也有章日山的事才痛快呢。」扇頭向空中揮個半圈。

「罷呀，你怎麼恨的牙癢？是啊，在人家山上造林不成，……可是你也太狠！……」白面皮微帶吃吃口音的沒曾說完，被那位拉著走去，爭辯的話便聽不清楚。

但是，章日山上有什麼事呢？立在密密的藤蘿蔭下，我忽然覺得山的形勢如在目前。雖只到過一次，那陰森峻陡的山坡與全是鐵色石鋪的僻徑，想來還覺得有些幽怖之感。本來這山離我家不過幾十里地，是近處的古蹟。無意中聽這兩位漂亮來客說及，使我突然記起和尚便是這村西小山上什麼廟的住持。幼小時候在親戚家曾見他穿了繡花古衣，做齋唪經，年歲久了，驟然不易認清。對那面貌看去：團團平凹的黃臉，一撮還沒剃的稀疏上鬚，不錯，那雙小而靈活的眼睛還和他年輕時一樣，尤其是他那應酬的姿態。

正回思著飛去的年光，對著欄外爭豔的鳳仙花有點悵然！接著少主人們出來讓客就座，擺桌，一陣聲音，便把我也擁上大廳去。三間寬大明敞帶有活窗的廳堂，擠滿了人。微風由窗子中透進，並不感到煩躁。一共在屋子中坐了三大圓桌，三十幾個客人，不知是不肯來，還是主人為調和起見？其中幾乎完全是所謂岸然的一群。唯有東邊一桌，座上坐了兩位粗夏布大衫的鄉老。他們的誠厚面貌上發出潤光，比起中間上座的山上大師那種應對巧妙的樣子，使旁觀者真有出家人與非出家人之感。

話是凌亂而紛雜，我偶而聽見幾句，一點頭緒摸不到。

忽而他們有幾個把談鋒轉到光頭上出汗的和尚，一半恭維一半著意諷笑的話，一齊向他衝來，我雖坐在西邊卻聽的分明。

「淨師，聽說近來不但唸經修懺的淨業都日日長進，就是山上的樹還栽了不少吧？」五十多歲的鄉董用葛布手帕摸著剃得很青的鬍子道。

「啊！啊！前幾天去查學，居然學校十分整齊，可見地方平靜了，事便能辦。比起山上鬧強盜的情形不同——大不同了——所以囉，此刻栽樹正是造林的好機會。……」口音頗吃的區視學說到後面，巧妙地映照上文的末句，顯然是對於文章作法有點研究的。

「啊哈哈！太平了？小康就好。正是百姓們馨香祝禱的。」在和尚身後另一個粗重口音。

和尚靜靜地，等待這三個好議論者的言論塞入客人飽脹的胃口之後，他的眼睛向桌面一橫道：「淨業麼？如今不行了！就是造林的話，這不明明是『新政』麼？也一樣有人向我們出家人作打算。誰曉得明天怎麼樣？再一說，即使造成，碰到匪大爺高興給你一把火燒個淨光。……」他用近乎三段論法的口氣表白近況。

鄉董一筷子夾起一大片紅燒海參，半段咬在口裡，半段落到碎花磁碟裡，急急回覆道：「可不是呀，現在什麼也說不上，古蹟還不容易保住，更不要說新政了。造林，哼！前年濰河東岸多少樹林子不是全號了砍做柴燒，栽種了幾十年的大樹還不夠路過大兵幾天的燒料。我說法靜師，這種世道，比較上還是你們出家人好。」

「啊啊！……」接著幾個像頗為老氣的少年都向著常顯出悲天憫人氣色的鄉董，發出贊同語音。

維持。

「太言重了！太言重了！哈哈！……你是在俏皮我們罷啦。出家人沒有保障，沒有連手，更難過呀。說是出家，哪真能『簞食瓢飲』呢？一樣還得托神佛福蔭與施主們的維持。

啊！……就像前年章日山上的事，不是出家人有那樣的結果？」法靜說到這句話已感到同類的悲傷，他暫時不再用竹筷往大碗裡挑肉。

「那事，……不是火燒章日山打死十幾個土匪的事？……」和尚坐後，那個粗重口音的重複攙進一句。他有一臉粉刺，是主人的遠房侄子。

另外一個蒼白鬍子、手裡端著水菸袋的老人道：「這事法師曉得十分清楚：不是你師弟就在那一晚上被土匪幾乎嚇死麼？」

這是個有力證明，同時引起了滿屋子來客的興味。因為這近乎英雄的行為，小說上鬥狠的景象，把大家的心思吸引到火光刀影的幻影中去。

和尚皺皺眉頭，彷彿一提及這樣回憶，即現在也感到煩擾。「就是法如呢，真碰運氣！他從西鄉募緣回來，都是本家，便到章日山上住一宿，偏偏有他的月令，……後來，好歹病了一大場……」

主人的侄子好奇地追問：「我那年並沒在家，所以只聽說不知詳細，還請師父再談談吧。」

「出事的那天絕早，我們得了報告也帶著鄉團去，……已經完了，只餘下幾具火燒的骨架。」鄉董說明他的經歷。

「人燒死，那個氣味再不要提起，我到山上已經快晚上了，屍臭熏的我三、四天都噁心。……」和尚眉頭又不自然地皺一皺。

「可惜！可惜！自從那一場亂子後，山上樹光了，小學校也完了。不幸！」縣視學自覺感慨。

「誰說不是？所以囉，什麼造林、辦學，不但是地方上應該舉辦的新政；而且佛門中也覺得功德無量，但不殺盡萬惡匪徒，咱們一樣不用度日。」和尚這時確有點魯智深舞動鐵禪杖的氣概。接著吃一杯上好白酒，抿抿厚嘴唇，「在座的人有許多記得的，有到過場的，可也許有不很清楚的。」

一陣緊張希望表現在全屋的人面上，這奇異故事確是酒後飽食時的好談資。

我因飯前兩個少年的話，也望著和尚。聽聽這以前不很瞭然的故事。

「章日山是個古蹟地方，不知從什麼年代便有了廟。與我們山上的廟派來是兄弟們……你們有到過那山上的，不是有幾十棵大松樹的懸崖麼？廟在松樹林後面。因為近年不安靜，山上的施主在松樹林的四周圍，修起土堡——藉著地勢，沒費許多工本。後來左近村莊又在偏殿裡開了小學堂……這一來，山上本來清靜，卻漸漸地熱鬧起來。山上只有我的一個師兄——他不是七十多歲了麼？過了一輩子，廟產有幾十畝，還有兩個小徒弟與兩個長工。……本是偏僻地方，雖然到處殺人放火，佛門所在總沒見說出亂子，然而誰會想到那一群東西偏會揀中了山頂開會。……」

「會？他們有什麼會？……」沒看清楚哪個的問話。

「也一樣，是他們的聯合會呀！聽說原來約定的。還有一大股，再等一天便到齊了。不知道究竟有什麼大舉動，這只可問捆在古榆樹上燒死的那幾個，可也怪！那時候，大家攻進去問也不問一句。便一股氣殺的殺，燒的燒。……法如說：他到山還沒黑天，因為一天走路累乏了，一煞黑與我們那位老師兄在一個屋子裡睡下。……你想，十月天氣剛剛黑天，不很早麼？山下的村莊正收秋場，農人早熄了燈火。法如說：他脫衣的時候還從窗裡望望山下的小莊子，只有一、兩星燈火。他躺下不多時，土匪便從土堡上跳過來了。

「不用說，老住持被綁在廟院大樹上，徒弟與長工都鎖在屋裡——在後進的韋馱殿裡。法如幸而醒得早，從後門跑到佛爺殿，有一口寄存的白木棺，他在那裡藏了半夜。

「聽後來那廟裡長工說：這一群是十個，其中只五、六個看去是久幹的土匪，還有兩、三個穿大襟銅鈕子短小襖與笨鞋的，鄉下年輕人，——定是進夥不久。從後來他們拿手槍與鄉團對打，放不出子彈來便是證明。有一個老長工正給他們燒飯，看的很清楚。

「據說這十個東西——他們的失敗自然是糟蹋佛門的報應，大約也是累壞了的緣故。他們跑了多少路，進門以後有的簡直站都站不穩，捆老住持的時候十分吃力，像幾天沒吃飽飯。等不及做出飯來，連廟裡曬下的白薯乾大口吞下。雖然每人都有一隻短槍，據那長工親眼看見說，似乎手裡沒有勁了。知道沒有抵抗的，便坐在土炕上，拿起大餅、白薯，叫長工煮飯，也有幾個躺在住持的屋中馬上死困。其實山上並沒毀壞東西，正殿也沒到。他們只是借兩宿，等待什麼首領。後來把老住持解了繩子，叫他不要害怕。……更可笑，也許是神鬼差撥，他們在土堡上崗位也不站，彷彿到了自己的家，先有一多半關起門來睡覺了。」

「該死！——」縣視學的評論。

「可不是！說起來還是唸書人心裡有數：大家是知道這案子怎麼破的？」和尚在提出疑問了。

「不是長工下山偷報各莊的鄉團？」鄉董記憶力彷彿頗壞，聚起眉頭答覆。

「長工不行，……還是那小學堂裡的教員先生！……哈哈！……有點膽力的也有點方法。原來這小學堂晚上獨有教員先生宿在廟裡，學生是一早上山，不等黑天便各自散去。這群東西進去以後，教員先生藏在床下。被他們拖出，倒沒難為他，卻十分放心，叫他夜裡下山給他們買雞子，預備第二天晚上迎接他們的首領，因為白天不便……」

「這就不合情理，土匪就這麼放心，不怕他走漏消息，信託他麼？」主人侄子的這句疑問也是大家一致的疑問。

「怪呢！」和尚道，「這就叫做因果報應！你見過有這麼笨的土匪？也不知是餓昏了，他們居然把聰明的教員先生認成他們一夥。真令人不懂，並不派一個人跟去，便給他銀元，放他下山。」

「所以是氣數嘍！」鄉董點點頭。

「以下的事大家知道，幸虧教員先生將這訊息傳出，各莊子一遞『轉牌』，沒到天明到了一千多人將山圍住，打上去，這些蠢東西還正在做他們的好夢。鄉團用抬槍把土堡轟破，點起火來，不是一個也沒有逃？」

「痛快！真的報應。……」幾乎人人在演劇場中喝采似的這麼說。

「故事多呢，該當是那麼樣。不是我那師弟法如在白木棺材裡打牙戰麼？天色剛亮，外面槍炮炒豆般響，突然有人把棺蓋順在一頭！法如嚇得坐都坐不起，其實棺口上爬動著的那一個也一樣是全身發顫，黑面皮上一點血色沒有。雙手空空的，鐵器沒了，盡在打手勢，意思是叫法如出去讓他占這個位置。法如明白這是一個弱種，要躲避攻入者的搜尋的。他說：『看那小子的雛樣兒，一把毛鬆辮子，垂在背上，一件淺色毛藍布短襖，扎腰都沒有。一定是入夥不久。』及至法如戰戰地跳出棺外，那東西便翻進去；還讓法如給他將棺蓋扣緊，用粗皮手指攝攝攝嘴唇。說也可憐，連話都嚇得不能說。」法靜照例的皺皺眉頭。

「不出來投誠，便是該死東西。」鄉董的裁判。

「話是這麼說，在佛家看來也算作可憐了呀！」和尚曳長口調像宣揚佛號。

「這個賊捉到沒有？」

「那樣東西哪能逃走，後來還沒得好死，用木頭架起，懸崖上燒死的就是這一個。唉！他還有一支盒子槍呢。裝著十個子彈，一個也沒放出。他跑到大殿時把槍送給那個老長工，求指引他一條生路。」

「哈哈，生路就在棺材裡。妙極！妙極！這廟裡的老長工真有些識見。」縣視學大笑。

「一應一報，那老長工得了槍獻給鄉團，獲了賞賜，後來發見那東西。」

「怎麼，老長工說破了吧？」主人的侄子再問一句。

「不曉得詳細。可是一槍刺從棺裡把他挑出來的！……」

「一共十個，在睡夢裡打死的有一半，在土堡上打下來的四個，活捉了兩個，那白木棺中的東西便在數。鄉團對於這場戰事大獲全勝。教員先生自從跑下山報得頭功之後，沒敢再上去。」

「燒死的兩個，那個不知道是怎麼捉的，但一樣都上了大刑，身體不用說受了刀傷，聽說點火的時候都半死了。松柴多容易起火頭，山下幾里地這天都聞得到屍氣。我去搬法如時，看那一堆木灰；一架焦黑的骨架還不到二尺長，彎在地上，面目早分不清。卻也怪！只剩下兩排又黃又大的牙齒，彷彿咧嘴大笑。……山上經過這一次大戰，屋子有燒掉的，神像有許多受了災，老住持三個月沒敢上山，學堂不用提是散了，卻沒跑一個土匪，天數！天數！」法靜用悲嘆口語結束這段且敘且議的長文。

「善惡到頭的話一些不錯，那躲在棺材裡的小子……所以，神差鬼使般受天刑。」鄉董翹動短鬍，引用著經典成語，還在發大議論。

「啊！……任翁之言，確有所見。再照新道理講，便見所謂遺傳學的講究。甚至於這東西的祖上也曾作過強盜，因此，這點強盜骨血會使他仍化在火灰裡吧！」真是有學問的縣視學，每加評論，在座的人便不約而同地點點頭。

這時，我看那兩位穿了粗夏布大衫的鄉老互相呆看，沒敢發言，也許他們不懂這些舊經典與新學問的談話，但，他們卻只用驚奇的目光瞅著那口角下垂、滿臉酒肉氣的和尚。

在緊張的好奇心滿足之後，各個人的胃腸又自然向精好食品作繼續的要求。「三元」、「八馬」、「十全富貴」的聲音如同上了戰場。

於是那場慘淡景象與種種話早消滅於紅燉豬蹄的味道中了。

或者是大廳上十分涼爽，在赤日當空的正午，我卻感到有點清冷。飯後滿院子與廊下全是團扇與大摺扇的搖動，老主人仍然穿了新馬褂微笑著出來打招呼。一陣應酬與道謝話，代替了方才口舌咀嚼的聲音。但那兩批客人，雖不在吃飯的時間，他們立著，談笑著，也自然分作兩起；聰明周到的主人邁著方步絕不奇異地向兩面招待。每個來客的面貌都很愉快。

大廳中有些僕役正在收拾殘餚，桌下幾隻花狗互相爭著人口中吐落的肉骨。我在外邊受不了他們的聒噪，便獨自踱進大廳東邊的耳房。由刻花木門穿過去，擺在精巧書架上有幾十部線裝書。古色古香的外表，彷彿表示主人的清高。我順便看看那些白綾書籤：多是《十三經註疏》、《朱子大全》……左側卻有一部《水經注》，我打開第三本，正找到現在屬於這省分的幾條大水。翻到近處的山水，很有興致地盡看本文，一頁頁往下揭去。忽然看到一段是：「水有二源，西源出奕山，亦曰章日山，山勢高峻，隔絕陽曦」這一行，我呆一呆，重新將文字記下，把書套在藍布套內。回想剛才聽說的故事；一陣陰森的冷氣似從這古色的頁中透出。

原來是「隔絕陽曦！……」唸著這句子，一抬頭，從玻璃窗中看見飯前那兩個少年正扮著鬼臉。而那位善言的法靜和尚也在對面棕樹盆景旁邊，數著念珠，悠然地像想心事。

一九二九年三月二十九日

「隔絕陽曦」

旗手

小小的車站中充滿了不安與浮躁的氣氛。月臺外的洋灰地上，有的是痰、水、瓜皮。亂糟的室隅，如鳥籠的小提門的售票口，以及站後面的石階上洋槐蔭下都是人——倉皇、紛亂、怯懦的鄉民，粗布搭肩、舊式竹笠、白布的衣褲；紅頭繩綠褲帶的婦女，汗氣燻蒸著劣等油粉的臭味。他們老早就麇集在這以為安定的避難所中。他們是從遠近各鄉村來的——因為距車站近處的幾個小城都早在炮火包圍之下了——有的奔跑了幾晝夜，有的飢渴困頓得不堪，更有些在道路上受了不止一次的驚恐。他們不期而會，不用問詢，都互相了解，互相同情。體面與裝點，此刻都消滅於炮火的威嚇之中。只有共同希望，盼著那巨大動物到來，好拖到別處去。

「喝！焦心，白費！你聽見站長室裡前站的電話麼？五點。……還不定準。也許得等到張燈後。……」

「這不是開心？兵車又須先過幾趟？」

「兵車多哩，活的、傷的、裝軍需的，下趟車——說不上第幾次了，有五千西瓜裝到C河前線上去。」

「西瓜——真好買賣。在這樣的年頭真說不上幹哪一樁賺便宜。早知道要用許多西瓜，我還去租地種瓜，準有五分利，……少說，……」

噗嗤一聲冷笑的驕傲聲音從對面先說話的那位鼻腔中透出。他是一個三十多歲的男子，上身穿了深藍色銅鈕釦的鐵路制服，卻配上一條又寬又肥的白竹布號褲。一雙布鞋，立在溼潤的水門汀上，倚著粗木柵欄。左腋下亂捲著紅色綠色的旗子。與他談話的是戴紅布帽的小工頭，也有三十歲以外了。黧黑面孔，粗硬有力的手指，光膊，穿了白地黑字的號褂，黃粗布短褲下露出很多汗毛的光腿。他用左手二指斜夾住一枝香菸，立在站外的小樹蔭下。七月的太陽炎光正穿過紅瓦、鐵篷、一望無邊的油綠高粱與荒蕪的土塊。他們身前有一群偏斜著軍帽、灰色上衣、穿草鞋的兵士，肩著各式的步槍在站臺上逡巡。

站長室內的日本鐘噹噹地敲過三下。

同時站門後面騷動出一陣紛擾、詛恨的浮聲。

「小皮，……你說賣西瓜五分利？傻子！如果種地有利，三分也幹。誰來伺候這二十塊大洋？不錯，大批的西瓜，你曉得官價？」從鼻腔中冷笑的旗手說到這句停住，意思是問小皮多少錢方算得官價。

「多少個？」他反問的簡捷有力。

「多少？我說多少便是多少！這才叫做官價。來，算一算：在T市十個子瓜少說也賣七角，在鄉下打對折，不合三角五？這一來，一角錢十個盡挑盡買。年令，官辦，快快，沒有兩天烏河兩岸的瓜全給拉到車上去了。……」

小皮瞪著烏黑的眼珠，回頭先望望那些灰衣人，吐出了半截舌頭沒有答話。

「這也說不了，給錢的就是這個了。」高大的旗手伸開右手，將大指在空中翹起旋轉著，向剛剛走到站口的一個幼年兵——一個不過二十歲黃瘦的兵士面上一指。那似是頗為悠閒的幼年兵士正自低聲吹著口哨，無意識地抬起他那一雙溫和的而且散漫的眼光向旗手望了一下。旗手的右手已經平放在紅木柵欄上了，也對這個幼年兵看了一眼。

他繼續他的話：「應當的，應當的，這比起烏城外叫種地的一天一夜把他們手種的一百二十畝高粱全砍倒作飛機場，不更應當麼？咱們，無地種瓜，更不曾租到財主家的地畝種高粱，多說什麼！……嗳！」他似乎觸動了什麼心事，「本來麼，還種高粱，種瓜？安安穩穩白費力氣，叫別人圖現成，還不是呆子？……」

小皮把一段香菸尾巴丟在明亮的軌道裡，「呆子，你看他們這些逃難的才是呆子呢。還不如咱們舒服，掙一月花一月，沒有老婆、孩子，更管得了天翻地覆？……」他頗覺談得爽快，左腳即時伸入柵欄中的橫木上面。

「喝！他們因為不呆才出來逃難，他們因為都不呆，才有逃難的資格。可是你不要以為咱便可無拘無束地過日子，一個砲彈打來，站房毀了，軌道掀了，怎麼辦？……再就是大家都不呆了，不跑來跑去的，你怎麼會多找點酒錢？」

小皮的眼皮闔了幾闔，似在領悟這段較深的哲理。

「如你說，還是讓他們年年打仗，他們呆子便年年逃難，可是年年不要炮轟了咱們的站房、軌道，這不就是頂便宜的事麼？對不，老俞？」小皮以為已把自詡聰明的老俞的學理批著了。

「是麼？要便宜就是頂吃虧的。你看這些灰色大爺，這些逃難的人，都一樣。……非大大的吃虧不可，非大大的吃虧不可！……」他說的很遲緩，鄭重。

小皮的光膊上出了一陣汗，對於旗手老俞的話簡直想不出一點頭緒。

丁……零零，丁……零零，站長室中電話又奏它的曲調了。從人堆裡，旗手匆匆地跑進屋子去。小皮滿不在乎地又燃上一枝香菸，側著頭看站臺上那些兵士。他們聽見電話的鈴聲都停了腳步，把步槍從肩頭取下，握在手中。雖然這幾天的上下列車次數減少，而且C、T鐵道已經分拆成兩大段，應該每個車站上的事務清閒了，可是自站長以及電報生，甚至旗手都是飲食起眠沒有一定的時間。原因是來回的兵車太多，而且上下站因為報告消息，與無定時的列車行止，都隨時有電報、電話，有時電線壞了，更引起站中人員與駐軍的恐慌。最令他們擔心的是敵人的別動隊不時出沒，鄉間的土匪乘時而動。這小小的車站原是兩個縣分交界之處，雖然也有一列車，——約摸有一營的兵士駐紮在綠林邊的軌道上，而恐懼的心理卻使人人不安。

兩天以前，敵方的別動隊攻破了一個縣城，經過幾處大村鎮，所以想逃難到T市去的分外加多。

然而他們所希望按時而行的大動物卻弄得十分跛腳，一天會沒有一次客車。

突然，電話再響，站內外都變成緊張驚擾的狀態，步槍的推進機拍拍地響著，呶呶的老少的雜談中夾雜著小兒的啼音。

小皮看看站臺上灰衣的兄弟們越聚越多，沒有他的地方。便轉身又擠進站內。幾乎沒有穿號衣的了，可也沒有赤了肩膊的。婦女們也是如此，雖不見絲綢的衣裙，卻也沒有五顏六色綻補的樣式。顯見得這些呆子都是差不多的人家。小皮正在估量著。身旁一位戴著玳瑁框圓眼鏡的中年人向小皮盯一下，便急切地問：「火車快到了吧？不是又有電話來嗎？」

急遽的表情與言語的爽利，在這紛擾的人群裡仍然要保持住不十分恐慌的態度，更從他的對襟、琺琅鈕的白夏布小衫與斜紋布洋式褲子上，小皮便認明這是屬於上流人的人物了。

「貴處？……你……也是逃難？」小皮先不回答他的急問。

「我……我是某某鎮的分部幹事，現在沒法，帶了公事到T市去。……」他說來，不是得意，卻也不以為屈辱。彷彿對於這個勞工很有同情。

「噢！某某鎮，不是昨天被跛子李的別動隊占了麼？你先生出來的……？」小皮在這位幹事面前，說的頗無條理。

「就是，我跑了一夜，六十里，幸而我還學過兵式操。」他也把話岔出去，似乎明白了這位紅帽勞工跟他一樣不曉得站裡的事情。

「啊啊！聽說黨部的人都會操法，真的嗎？」

白洋服褲的幹事笑一笑。但是小皮很不知趣，像求解答問題的學生不饜足地追問：「你先生，……部，還要跑？聽說S軍不是也講三民主義麼？為什麼要走？……」

分部幹事向這位小工頭皺皺眉頭，冷冷道地：「你不知道我有公事到T市去……的？知道麼？」這顯然是不叫他再往下問了，小皮到這時方覺得自己的話有點模糊，使這位幹事不甚合意。他們談話時，站裡那些立的、坐的、擠動的頭都向這邊盡著瞧。

「是啊，……先生，你要當心！聽說昨天上一站被土匪隊的王大個子，把烏縣的縣長同委員們一大堆誆下去，現在還不知下落。嗳嗳！這年頭幹什麼也不好。」他在引用前文，以為這是善良的勸告；然而幹事聽來更將眉毛皺緊，從鼻孔嗤出一點微音來，把頭側向站長室的出入口去。他的白小衫有點微顫。

小皮滿身汗，好容易塞到站長室門口，卻看見靠站臺東窗下那位幹事正在侷促地把西服褲立著脫下，露出僅達膝部的白短褲。

把緊貼在門上的人叢慢慢推動，仍然是挾了小旗的旗手，滿頭上流出熱汗，隨著一位金絲眼鏡的司事走出。

即時有一張墨筆寫的小布告從司事手中貼到布告牌上去。旗手便向小皮立處擠來。能認得幾個字的人便蜂擁到白紙布告前面，聽見陸續唸出的聲音是：四點鐘到專車一列，盡載由上站登車××僑民，到站停三分鐘，所有中國人民不得登車，俟下列客車到時方能售票。

此布。識字的老年人唸完這段布告後，低下頭嘆一口氣。青年人，似是鄉村的學生與店夥，只是咕噥兩句聽不清的話。自然又惹起大家一陣談論。全是慨嘆的、懊喪的、無可如何的失望、豔羨的口音與顏色。他們覺得應該安分聽命，等待吞噬他們的大動物到來而已。他們早已在睏乏的征服之中，還沒有健全團結的力，沒有強烈合一的心，他們只好伸開一無所有的雙手等待著，……等待著！

三點半過後的陽光愈顯出熱力的噴發，站外槐樹上各種鳴蟬正奏著繁響的音樂。樹蔭織在地面如同烙上的暗影，沒有絲毫動搖。而站臺上明閃閃的槍尖都像剛從煅爐中煉出，與灰色帽下的汗滴爭光。

旗手早拉了小皮出站，到樹蔭中的草地上坐下，扇著草帽，大聲暢談。

「又沒望了，下次車還不準這些鄉老上去。眼看我又是一個大不見，真倒運！一天連五角拿不到手，再打上十天仗，看，當土匪不是我皮家小夥子？……」

「哈哈！你也發瘋，去當土匪？老弟，你還夠格！……我看你只好替人家扛東西，你肩頭上有力氣，無奈手裡太鬆了。……」旗手從他那紅臉上露出卑視的表情，濃濃的眉毛，往上斜起的嘴角，鼻子挺直，說話時眼下浮起兩三層疊紋。是一種堅定敏活的面目，使人看見他便須加意似的。

「別耍嘴了，我這雙手，哼！該見過的。提一百斤的網籃，抱兩個五歲的孩子，這不算；有一次程瑞——他是張大個的第幾軍的軍需官，從這裡起運東西，你猜，我右手這麼一提，左手向後拉著一尊小炮，右手是三個裝麵的麵袋。……你沒見過，那時候，你不是還在上學嗎？怕沒有上千的斤數。這一提，一拉，那些弟兄們沒有一個不向我老皮伸大拇指頭的。」小皮回憶到三年以前戰事的閃影中去，依然如故，又是不通車，逃難，斷了電線，田野的叫聲。他有英雄似的愉快，有孩子們訴說無用經驗的歡喜心情，但他不明白為什麼隔一年、兩年又轉上一些不差的圈子？他對於當前的倉皇狀態更加不滿意了。「還是那套把戲，變戲法也不能這樣笨。」同時他向旗手搖搖頭。

旗手仍然扇著草帽，盡向鐵軌的遠處望，靜默，深思，彷彿沒曾聽見小皮自誇的話。

「你說，這兩隻手無用？……老是替人家肩抬嗎？……」

「好，好，一雙手有用，不過是給兵大爺扛麵袋，拉炮車，挽了手來打燒酒，要老婆，你還是你，我還是我！……」旗手冷冷地而莊重地說。

「幹嘛？……我說你這個人真有點邪氣，亂冒火頭，也像這兩天的火車頭一樣，到處亂碰。不賺錢，要這雙手什麼用？說我喝燒酒，倒有點，玩老婆，……不瞞你說，倒是今天頭一次開葷，碰著女人的奶頭，還沒有摸上一把。不要冤人，我是天字號的老實人。……」小皮有點著急了，夾七夾八地說出。

「好，都是好事情。不喝酒，不玩女人，……那乾脆當道士去。……可是你也知道人家不用兩隻手，連肩膀也放在半空裡，酒、女人、汽車、大洋，可都向荷包裡裝？你又不是多長了兩隻手，拉動個炮車，怎麼樣？」他說時如同教書一樣，不憤激也不急促，說完末句，用他那有力的目光盡著向憨笨的小皮面皮上釘去。

「啊！……啊！」小皮只回覆出這兩個口音來。他像在計算什麼，把一隻如鼓槌的右手五指往來伸屈著，一會眉頭一蹙，便決絕地問道：

「那還是要用兩隻手吧？……」

遠處輪聲轟動，即時一股白煙由林中噴出，專車像快到站外了。旗手向小皮招呼一下，便飛跑向鐵軌的東端軋口處立定，把紅旗向空中展開。奇怪，一行四個列車裡全是裝的××人，做小買賣的家眷、公司職員們的子女、長鬍子穿了青外綢衣的老者，以及仍然是梳了油頭穿了花衣的少女。這麼將近百人的避難隊，在站臺上，卻沒有橐橐的下馱的特別聲音，只有幾個男子的皮鞋在熱透的石灰地上來回作響。與平日顯然不同，大多數在三等車的車窗內，僅僅露出頭來看看站上的情形。

同時站裡面也靜悄悄地有幾百隻熱切而歆羨的眼睛向這可愛的大動物的身段裡偷瞧。

站臺上一陣紛忙，兵士們重複把滿把油汗的步槍肩起，雖是有的穿著草鞋，而一雙雙起泡的赤腳還保持他們立正的姿勢。

路籤交過，紅圓帽的站長在押車的上下口與掌車低聲說了幾句，車頭上的大圓筒發出尖銳的鳴聲，旗手的綠旗搖曳一下，它又蜿蜒地向東行去。

突然的緊張後，一切安靜下來，一時大家又入了以前瞌睡的狀態。

四點過去了，站長室中北牆上的鐘短針已過去了4字的一半。外面十幾個值崗的灰衣人早又換了一班。當差人員稍清閒點，便斜靠在籐椅上淡漠地飲著賤價啤酒，恢復他們這些日夜的疲勞。站中男女知道急躁無用，也聽天任運地縱橫躺在地上，有人發出巨大的鼾聲，唯有小孩子時在倚壁的母親的懷中哭叫。

蒼蠅向熱玻璃窗上盲目地亂碰，繁雜的蟬聲也稍稍沉靜了，炎威卻還是到處散布，窒息般的大氣籠住一切。空中，層層的雲團馳逐，疊積，發出可怕的顏色，正預示這暴風雨之夜的來臨。

小皮在鐵道旁邊紅磚砌的小房子裡與他的同夥吃完了白薯大餅，還喝下前幾天買來的二兩高粱。他用冷水漱口後，伸個懶腰，卻沒將身子直起來，因為房子是那樣的低，他本想將兩臂上舉，但拳頭碰在門上框時，便又突然地落了下來。這使他感到無用武之地的微微不快。他不顧同夥們還在大嚼，便跑出來，向西方的空中，向無聲的叢林，向灰影下斜伸的槍刺，向玻璃條似的鐵軌，用飽飯後的眼光打了一個迅速的迴旋之後，即時用已變成黃色的毛巾抹抹嘴，便沿著鐵軌到站中司員的宿舍去。

宿舍距車站不過五十步遠，在楊柳與粉豆花叢中，一排七、八間屋子。外面有鐵絲紗的木框門窗。小皮高興地吹著口哨，剛走到宿舍門前的大垂柳下面，早看見俞二蹲在柳根下漱口，制服已經脫下，只穿一件無袖背心。

「又吃過一回了，今晚上吃的真舒服。好酒，這一回大概是老燒鍋出的，喝一口真清爽。……」小皮在柳樹下的石磴上叉著腰坐下，滿臉愉快的神色。

「你們吃的什麼？這幾天連青菜也買不到。」他又問了。

「青菜，……我們吃的淮河鯉，昨天從市上買的，因為急於出脫，真便宜，你猜，一角二分錢一斤。」旗手不在意地說完，把左手中的洋鐵杯往柳根下一摜，立起來，從腰袋中摸出一盒「哈德門」菸，抽出兩支，分與石磴上的小皮，他自己燃著了一支。

「真會樂。到底你們會想法，什麼時候還會吃淮河鯉！聽說河中打死的人不少，……」小皮把香菸用指夾住，並沒想吸。

「嚇！你也太值錢了，有血的東西就不敢吃麼？虧你還當過民團，打過套筒，在這樣世界裡不吃，卻讓人血嚇死？……」他夷然地說，還是那個沉定的面容，一些沒有變化。小皮聽了這幾句話，沒做聲。

「我就是要享受，可不是像那些大小姐、時髦的什麼員，只知道，……什麼都可享受。吃個鯉魚還是自己的血汗錢換來的，只不要學他們，吃了魚卻變成沒血的動物。」

小皮的眼楞了楞，看看從西方密雲中微透出的一線金光，點點頭道：「好，你幾時成了演說大家？了不起，這些話我有時聽見你謅，到今還不明白。你終天黃天霸、黑旋風一般，口說打抱不平，可惜沒有人家那一口刀，兩把大斧。……」

「怎麼？」旗手把左手叉在腰間，「刀，斧，要麼？到處都有，只不要叫火車把你的兩手壓去。哪個地方拿不到？……」他的話還沒說清，從站上跑過來一個工役到宿舍前面立住，向旗手招手。

「又是幹嘛？」

「又有電話來，在客車前，五點五十分有東來的兵車——聽說七、八列呢。站長叫你趕快去，有話。……快了，剛打過五點半。……我來的時候站長正在同下站上說話，消息不好，似乎×河橋被那邊拆斷了，……快去！……」他不等回答，轉身就跑。

旗手悠然地微笑了，他彷彿一切都已先知，一點不現出驚惶的態度。從屋中取出制服，又把袋內的鋼殼大表的弦上好。

「聽著吧，回頭見。」這六個字平和而有力，像一個個彈丸拋進小皮的耳中，他卻頭也不回慢慢地踅去。

天上的黑雲越積越厚，一線薄弱的日光也藏去了它的光芒。五點四十分了，五點四十五了，這短短的時間像飛機在天空中的疾轉。還是八月，黃昏應分是遲緩的來客，可是在雲陣的遮蔽下，人人覺得黑暗已經到來。又是這樣的辰光，人人怕觸著夜之黑帗的邊緣。那是無邊的，柔軟而沉陷的，把槍彈、炮火、利刃、血屍包在其中的，要復下來的黑帗。

在車站的西頭，一條寬不過五米達的小鐵橋的一端，那旗手——奇怪的俞二挺身立著，小工頭小皮正在督領著幾十個赤膊工人肩抬著許多許多糧米，麻袋堆在軌道左邊。這是從四鄉中征發——也就是強要來的春天的小麥，軍需處催促著好多走了兩日夜的二把手車子推到站上。

仍然，站裡站外到處滿了低弱的訴苦聲，鄉民互相問訊的口氣，夾雜著蓄怒待發的、也一樣是疲勞得牛馬般的兵士們的叱罵音調。而站裡臥倒的女人、小孩子都早由驚恐中變成了隨遇而安的態度，好容易占得水門汀一角，便像逃入風雨下的避難所，輕易不肯離開。

小皮在站東端鐵軌邊守著那些勝利品的麻袋，悠然地吸著香菸，與俞二立處不過十幾步遠，並不用高聲，可聽明彼此的話音。

「過了這次兵車，再一次客車西來，你就休息了。我們到下河去洗個痛快澡，回頭喝茶，這兩天我頂喜歡吃吃，喝喝，不是？不吃不喝死了白瞎！」

俞二沒有言語。

「不是這次兵車要到這裡停住？前面鐵橋，……在下站，不過二十里。……已被那方拆穿了，剛來的消息，站長叫你就是這個吧？這樣急的時候，兵車沒有特別事，在咱這小站是不停的。你記得昨天那一次真快，比特別快車還厲害，一眨眼便從站門口飛去了。我說，他們真忙，可好，咱們比起從前來倒清閒多了。……」

俞二的高身個轉過來，對著橋下急流的河水。因為一夏雨水過多，被上流衝下來的山洪急衝，已經有兩丈多深，而且在窄窄的束流中，漩湧起黃色的浪頭。他向這滾滾的濁流投了一眼，迅速道地：

「洗澡？待會你看我到這橋下洗一個痛快！我一定不到下河的齊腰水裡去哄小孩們玩。……」

「又來了，大話，老是咱這俞二哥說的。你就是能以會點點水，這可不當玩，白白送命。」小皮把香菸尾巴塞在地上石塊的縫裡。

「能這樣玩玩也好，我又不想喝酒，玩老婆，果然死了，倒還痛快！」

「誰說你沒有老婆？……」小皮嗤的一聲笑了。

「不錯，從前有的，她在××的紗廠中三年了，我只見過兩回。多少小夥子？還是誰的，碰到誰就是誰，你的，我的？我若能開一個紗廠，要多少，……」他莊重地說，但久已在心中蝕爛的愛情，這時卻也從他那明亮的目光中射出一霎的豔彩。但他將上齒咬緊了下唇，迅快的、輕忽的感傷便消沒於閃光的鐵長條與急流中去了。「什麼都快活自在，告訴過你，我有一個學生樣的哥哥，在隴海路當下等算帳員；一個妹妹，自五歲被拐子弄去，聽說賣到吉林的窯子裡。我並不發懶，卻不要去找，她有她的辦法，我找回來仍然給人當奴才？你說我有什麼不敢？我也曾學過一年的泅水。……」

「你怎麼說上這大套，又不是真要上陣的大兵，卻來說什麼遺囑，哈哈哈哈！」

小皮笑時，身旁又添了六、七個麻袋，他得了吉地一般地跳上去，伸出兩腿安然坐下。

旗手把空著的右手向空中斜畫了半個圈子道：「上陣該死，他們給人家打仗，都是活該，咱看著也有趣。不過那些鄉老，說老百姓吃虧，他們管得了這些。不打不平，要痛痛快快地你槍我刀，……」

「有道理啊！『站在河崖看水漲』，你真有點『心壞』了。」小皮似在唱著皮簧調。

「嘩啦啦打罷了——頭通鼓……」正在趕快要接下句，「好嗓子」，一個聲音從樹林中透出，小皮同旗手回頭看時，突然，那白布短褲的少年從林中匆匆地走到他們面前。

兩人都沒收住口。

「這次兵車是不叫西去，就在這裡打住麼？」

這話分明是看著旗手脅下的紅綠色小旗子，向他問的。俞二卻將頭動了一動，不知他是表示「對」、「否」。

少年見到地上的大麻袋便不再追問了。但他想一會，便轉到林子後從小路回到站裡面去，恰好站門外遠遠的來了四個開步走的兵士。
汽笛聲尖急地響著，原來在此不停的急行兵車箭飛地射來。
小皮不知所以地從袋堆中站起。模糊的黃昏煙霧中，站臺後有許多頭顱正在擁動。
火車快到軋口，俞二在橋側將小旗高高展動。
那是一片綠色在昏暗的空間閃映，警告危險的紅旗，卻掖在他的臂下。
前面的機關車從綠旗之側拖動後面的關節，一瞥便閃去了。車窗中的槍刺，與被鋼輪磨過的軌道，上下映射著尖長的亮光。
經過站臺並沒有減少它的速度，即時，站長的紅邊帽在車尾後往前趕動，並且聽見：「停車！停車！」的嘶聲喊叫。兵士們向來犯惡每站上站長們的要求與羅唣，在中夜襲擊的緊急命令之下，平安的綠色將他們送走。不過一分鐘的時間，只有一線的黑影拖過遠遠的田隴之上。
小皮大張開不能說話的口，看著綠色的揮動，上面青煙突冒，遠去了，遠去了！而對方的四個灰衣人全向軋口奔來。
眼看著旗手俞二把綠旗丟在軌道上，一縱身往橋下跳去。

真的，他要用兩手洗一個痛快的澡。

即時後面的連珠槍彈向橋邊射來，小皮突然斜撲於麻袋上面。

一九三〇年八月十一夕

五十元

他從農場的人群裡退出來，無精打采地沿著滿栽著白楊樹的溝沿走去。七月初的午後，太陽罩在頭上如同一把火傘。一滴滴的大白汗珠子從面頰上往下滚，即時便溼透了左肩上斜搭的一條舊毛巾，可是他卻忘了用毛巾抹臉。

實在，這灼熱的天氣他絲毫沒感到煩躁，倒是心頭上卻像落下了一顆火彈，火彈壓住了他的心，覺得呼吸十分費力。

這位快近六十的老實人，自年輕時就有安分的服從的習慣，除掉偶而與鄰居為收麥穗、為一隻雞七天能生幾個蛋抬了「話槓」之外，對於穿長衣服的人他什麼話都說不出。唯唯的口音與低著眉毛的表情，得到許多人的讚美。

「真安本分，……有規矩，……不糊塗，……是老當差！」這是他幾十年來處處低頭得到的公共主人們的好評。

五十元

農場上，段長叫去的集會，突然給予他一次糊塗的打擊。盡著想，總沒有更好的辦法。

「喂！老蒲，哪裡來？你看，一頭大汗。……」

在土溝的盡頭，一段半坍的石橋上，轉過一個年輕人，粗草帽，白竹布對襟褂子，粗藍布短褲，赤著腳，很快樂地由西邊來向老蒲打招呼。

「啊啊，從……從小牟家的場上來，開會，噯！開會要槍哩。……」

「開會要槍？又不是土匪怎麼籌槍？」年輕人滿不在乎的神氣。

「伍德，你二哥，你別裝痴，你終天在街頭上混，什麼事你不知道？……愁人！怎麼辦？段長，段長說是縣長前天到鎮上來吩咐的，今年夏天嚴辦聯莊會，攤槍，自己有五畝地的要一桿槍，本地造的套筒。……」老蒲蹙著眉毛在樹下立住了腳。

伍德從腰帶上將大蒲扇取下來，一陣亂搖，臉上醬紫色的肉紋頓時一鬆，笑嘻嘻道地：「是啦，聯莊會是大家給自己看門，槍不多什麼也不中用，這是好事呀！……不逼著，誰家也不肯花錢。……」

「你說，你二哥，本地造套筒值多少錢一桿？」

「好，幾個莊子都支起造爐，他們真好手藝。……我放過幾回，一樣同漢陽造用，準頭不壞。……聽說是五十塊一桿，是不是？」

「倒是不錯。鎮上已經在三官廟裡支了爐，三個鐵匠趕著打，五十元一桿，還有幾十粒子彈。……你二哥，事是好事，可是像咱這樣人家也攤一份？你說。……」

「好蒲大爺！你別提咱，像我可高攀不上。你是有土有地的好日子，這個時候花五十塊得一桿槍。還沒有帳算？不，怎麼段長就沒叫我去開會。」伍德的笑容裡似含著得意，也似有嫉妒的神色，他用蒲扇撲著小楊樹葉子上的螞蟻，像對老蒲的憂愁毫不關心。

「咳！咳！現在沒有公平。你說我家裡有五畝的自己地？好在連種的人家的不到四畝半，二畝典契地，當得什麼？五十塊出在哪裡？今年春天一場雹子災，秋後怕繳不上租粒。……段長不知聽誰說，一桿槍價，給我上了冊子，十天以裡，……交錢，領槍！沒有別的話。縣長的公事不遵從，能行？……」這些話他從十分著急的態度中說出來，至少他希望伍德可以幫同自己說幾句略抒不平的同情話。

「蒲大爺，咱……真呀，咱還是外人？想必是『家裡有黃金，鄰舍家有戥盤』，我若是去領槍人家還不要呢。你老人家這幾年足糧足草，又在好人家裡當差多年，誰不知道。你家裡沒有人花錢，段長他也應該有點打聽吧？」

一扇子打下來一個綠葉子，他用粗硬的腳心把葉子在熱土裡踏碎。

老蒲這時才想起拉下毛巾來擦汗，痴瞪著蒙朧的眼睛沒說出話來。

「恭敬不如從命！我知道現在辦聯莊會多緊，局子裡現拴著三、四個，再不繳款聽說還得遊街，何況還有槍看門。教我有五十塊，準得弄一桿來玩玩。我倒是無門可看。蒲大爺，看的開吧，難道你就不怕土匪來照顧你？……哼！」

「破了我的家通通值幾個大錢？」老蒲的汗珠沿著下頦、脖頸，滴得更快。

「值幾個大？怎麼說吧，……我是土匪，我就會上你的帳。還管人家大小？弄到手的便是錢。現在你還當是幾年前非夠票的不成？」

老蒲乍聽這向來不大守本分的街猾子伍德的話，滿懷不高興，可是他說的這幾句卻沒法駁他。五十元的出手還沒處計劃，果真土匪和這小子一個心眼，也給自己上了帳，可怎麼辦？這一來，他的心中又添上一個待爆裂的火彈。

「愁什麼，這世道過一天算一天，難道你老人家還想著給那兩個兄弟過成財主？……」

伍德把蒲扇插入腰帶，很悠閒地沿著溝沿向東逛去。

老蒲回看了一眼，更沒有把他叫回的勇氣，可是一時腳底下像有什麼黏住抬不起腿來。頭部一聳一聳地呼吸那麼費事。段長的厲害面孔又重複在自己的眼前出現。向來也是鎮上的熟人，論起他家來連自己不如，不過是破落戶罷了，誰不知道，提畫眉籠子，喝大茶葉，看車牌是他的拿手本領。一當了段長真是有點官威了，比從前下鄉驗屍的縣大老爺的神氣還厲害。在場子裡說一不二。「五十塊，十天的限期，繳不到可別提咱們不是老鄰居！公事公辦，我擔不了這份沉重。……」他大聲喊叫，還用手向下砍著，彷彿劊子手的姿勢。……

盡著呆想剛才的情形，不覺把如何籌款以及土匪上帳的憂慮暫時放下了，段長的大架子，不容別人說話的神氣，真出於這老實人的意外。

無意中向西方仰頭看去，太陽已快下落了，一片赤紅的血雲在太陽上面罩住，他又突然吃了一驚。

在回到隔鎮上裡半路他家的途中，他時時向西望那片血紅的雲彩，怕不是好兆！他心上的火彈更是七上八下地撞擊著。老蒲的家住在鎮外，卻不是一個村落，正當一片松林的側面。松林是鎮上人家的古塋，他已在這片土地上住了三輩了，因為老蒲的父親貪圖在人家的空地上可以蓋屋的便利，便答應著輩輩該給人家看守這座古塋。現在，這古塋的後人大半都衰落了，現在成了不止一家的公分塋地，樹木經過幾次的砍伐，只餘下幾棵空心的大柏樹，又補栽了一些白楊。有幾座老墳早已平塌，石碑也有許多殘缺，塋裡邊滿是茂生的青草。老蒲住在那裡，名分上是看塋地，實在墳墓多已沒了，也沒有很多樹木可以看守。幾間泥牆草頂的屋子，周圍用棘針插成的垣牆，破木板片的外門，門裡邊有一囤糧食，所有的燒草因為院子小都堆在門外邊。他與一家人每當夏秋的晚間便坐在院子中大青石上說說閒話，聽見老柏樹與白楊刷刷擦擦的響聲也很快活。不過鎮上的人都說這座古塋裡有鬼，也有人勸他搬家，老蒲卻因為捨不得這片不花錢的土地，又知道屋子是搬不走的，所以永沒有搬。至於什麼鬼怪，不但老蒲不信，就是他家的小孩子也在黑夜裡到過墳頂上去，向來是不懂得什麼叫害怕。

這一天的晚飯老蒲沒吃得下，可是也不說話。他的大兒子向來知道這位老人的性格，看他從鎮上開會回來，眉頭蹙著，時時嘆氣的樣子，便猜個大概。不用問，須靜等老人的開口，這一定是又有為難的事。第二個兒子吃過兩碗小米飯後卻忍不住了。

「爹，什麼事？你說吧，到底又有什麼事？我知道單找莊稼人的彆扭！」

老蒲把黑煙管敲著小木凳，搖搖頭。

「怪，咱這樣人家還有什麼？現在又沒過兵。」

「小住，」老蒲在淡淡的月光下看看光著肩背的兒子們，重複嘆一口氣，「你還年輕，你哥知道的就多了，還有你老是毛頭毛腦，現在不行啦，到處容易惹是非。……你知道麼，我和爺爺給人家當了一輩子，……兩輩子了……差事，還站得住，全仗著耐住性子伺候人。不想想若是有點差錯，這地方咱還住得了？……」

老蒲的尋思愈引愈遠，現在他倒不急著說在鎮上開會要槍的話，卻借這個機會對第二個兒子開始教訓。

「怎麼啦？爹！我毛頭毛腦，我可是老實種地，拾草，沒惹人家呀。」小住才二十多歲，高身個，有的是氣力，向來好打不平，不像他的大哥那樣有他爹的服從性。

「不要以為好好的種地拾草便沒有亂子，現在的世道，沒法，沒法！我已經這把年紀了，這一輩子敢保的住，誰知道日後的事。你，……小住，我就是對你放不下這條心！……」

五十元

小住和他哥哥聽見老人的話十分淒涼，這向來是少有的事，在他們的質樸的心中也覺得忐忑不安。

小住的大哥大名叫蒲貴，他雖然四十歲以外了，除了種地的活計，什麼事都不很懂得，輕易連鎮上也不去。老蒲在鎮上著名人家裡當老聽差，就把農田的事務交付他這賦有老子遺傳的大兒子。小住十多歲時在小學堂畢過業，知識自然高得多。家裡沒有許多餘錢能供給他繼續上學，又等著人用，所以到十六歲也就隨著大哥在田地中過著莊稼日子。不過他向來就有點剛氣，又知道些國家、公民的粗淺道理，雖然他仍然是老實著做農民，卻不像他爹爹和大哥那麼小心了。因此，老蒲平日就對這個年輕的孩子發愁，懊悔不該教他念那四年「洋書」。過度的憂慮便使得這位過慣了當差生活的老人對小住加緊管束，凡與外人辦事都不準他出頭。他的嘴好說，這是容易惹亂子的根源。老蒲伺候過兩輩子做官的東家，明白是非多從口出的大道理。尤其在這幾年的鄉下不是從前了，動不動就抓夫、剿匪，沾一點點光，便使你家破人亡。鎮上的老爺們比起捻子時候當團總的威風還大，鄉村裡凡是扛槍桿的年輕人更不好惹。小住既然莽撞，嘴又碎，在這個時代平日已經給老誠的爹爹添上不少的心事。今天引起了他未來的許多思慮，所以對這年輕人說了幾句。

小住在淡月的樹影下面坐著，一條腿蹬著凸起的樹根。

「不放心，就是不放心！我，我說，大前年我要去下關東，你又不教去，……」

「小住，」他大哥很怕老人家生氣，想用話阻住兄弟的議論；只叫出名字來卻沒的繼續下去。

「哥，看你多好。爹不用說，鄰舍家也都誇獎你老實。……我呢，一不做賊，二不去和土匪綁票，可是都不放心。說話不中聽，什麼話才中聽？到處裡給人家低聲下氣，不就是滿口老爺、少爺地叫，我沒長著那樣嘴。幹不了，難道這就是有了罪？」

小住的口音愈說愈高，真的觸動了他那容易發怒的脾氣。

在平常日，老蒲一定要拍著膝蓋數說這年輕人一頓，然而這時並沒嚴厲地教訓他，只是用力抽著菸，一閃一滅的火星在暗中搖動。

堂屋門口裡坐著一群女人，小住的嫂子，還不到二十歲的妹妹，小侄女，這是老蒲的全家人。小住還有一個三歲的侄子早在火炕上睡了。

「你二叔，」小住的嫂子是個伶俐的鄉下女人，也是這一家的主婦，因為婆婆已死去幾年了。這時她調停地說：「爹替你打算還不為好？像你哥那樣不中用，爹連說還不說哩。你二叔，又知書識字，將來咱們這一家人還不是靠著你。爹操一輩子心，人到底是老了，你還年輕。老練老練有什麼不好，本來現在真不容易，爹經歷多，他是好意。」

「澄他娘，你明白，我常說我就是這麼一個明白媳婦。對呀，小住。你覺得我說說你是多管閒事？……如今什麼都反覆了。我看不透，你就以為我看不透，罷呀，我……我究竟比你多吃了幾十年煎餅，我知道像你看不起我這老不中用的！……下關東，你想想我這把年紀，還得到鎮上當差，家裡你哥、嫂子，咱輩輩子種地吃飯，你去關東，三年兩年就背了金子回來？好容易！別把事情看得那麼輕。工夫多貴，忙起來叫短工也得塊把錢一天，你走了怎麼辦？我又沒處去賺錢！咳，……由著你的性子，幹，……幹？咳！……」

老蒲向青石邊上扣著菸斗，小住鼓著嘴向雲彩裡看月亮，不說話，他大哥更沒有什麼言語。

一陣風從枯柏樹上吹過，在野外覺得十分涼爽。

「我不是找事呀，小住，你要明白！愁的我晚上飯都吃不下。年輕人，你們這年輕人沒等我說上兩句，先有那麼些話堵住我的嘴，正話沒說，先來上一陣鬥口，我發急中什麼用？」

媳婦從鍋裡盛了一瓦罐涼米湯，端著三個粗碗放到院子裡，先給老蒲盛了一大碗。

「爹，正經事，你別和二弟一般見識，說說你在鎮上聽見的什麼事。」

「咳！只要拿的出大洋五十元就行！」老蒲說這句話，簡直提不起一點精神來。

「五十元？爹，怎麼還有教咱繳五十元的？又不是土匪貼了票帖子，……」小住的嫂子靠著小棗樹站住了。

「這是新章程呀。段長吩咐下來：只許十天的限期，比衙門催糧還緊。」

老蒲這時才慢慢地把當天下午在小牟家農場上開會的事都報告出來，又把鎮上重新分段辦聯莊會的經過，與他這一家分屬楞大爺那一段的詳細事都說給全家。末後，他又裝起一袋菸吸著，像是抑壓他的愁腸。

「真不是世界！情理與誰來講，地不夠也罷，錢更不用提，就說那一桿槍，爹，你好說我沒有成算，你想，咱家有那麼一桿槍，在這個林子邊住家，有人來，就擋得住？再說，還不是給人家現現成成的預備下？……」小住提高了嗓子大聲喊。

「你小聲點，這個時候定得住誰在牆外。」他大哥處處是十分小心。

老蒲聽第二個兒子說的這幾句，卻找不出話可以反駁他，自己只是被五十塊大洋與十天繳不上要押起來遊街的事愁昏了，倒還沒想到這一層。對呀！他全家在這塊塋地邊住了多少年，什麼事都沒有，雖然前幾年鬧匪鬧的比現在還厲害，也沒曾有人來收拾他。不用躲避，也用不到防守，誰不知道他家只有二畝半的典契地，下餘的幾畝是佃種的。可是這一來，一桿槍也許就招了風來？不為錢還為槍；土匪只要多得一桿槍強似多添十個人。這一來，五十塊大洋像是給他這棘子牆上貼了招牌，這真是平空掉下來的禍害！即時他記起楞大爺在散會時吩咐的話——

「以後的事⋯誰領了槍去，鎮上蓋印子，不許隨便送人，只可留著自己用。會上多早派著出差，連槍帶人一起去。丟了槍，小心⋯就有通匪的罪！——不是罪，也有嫌疑。」這些話段長是在最後說的，大家因為要籌錢弄槍已經十分著急，有槍後的規則自然還不曾留心聽。然而現在老蒲卻把這有槍後的規則想到了。

雙重的憂恐使老蒲的菸量擴大了，吃一袋又是一袋。他現在並沒有話對這莽撞的年輕人講。

「爹，你在鎮上熟呀，當差這麼些年，不會求人？向段長，——更向會長求求情，就算咱多捐十塊八塊錢，不要槍難道不行？」伶俐的大媳婦向老蒲獻出了這條妙計。

「噯！……這份心我還來得及。人老了，鎮上也有點老面子，大家又看我老實，年紀大，話也比較容易說。可是我已經碰了一回釘子了。……」

「去找的會長？」小住的大哥問。

「可不是。會長不是比我的主人下一輩，他年輕，人又好說話，實在還是我從小時候看著他在奶媽的懷裡長大的。自然我親自去的，……他說的也有情理。」

始終對於這件事懷抱著另一種心情的小住突然地問他爹：「什麼情理，他說？」

「他是會長，他說關於各段上誰該買槍的事，有各段的段長，他管不了。……縣長這次決心要嚴辦，誰也不敢徇私。……他這麼說。」

「哼！他管不著，可是咱哪裡來的五畝地？果然有？咱就按章程買槍也行。」

「我說的，我當場對段長說的，……不中用。段長，他以為不會教咱花冤枉錢，調查得明明白白，都說咱這幾年日子好，就算地畝不夠，槍也得要。」

老蒲的破青布菸包中的菸葉都吸盡了，他機械地仍然一手捏著袋斗向菸斗裡裝，雖然裝不上還不肯放手。

「這何苦，誰不是老鄰居，怎麼這樣強辭奪理！」大媳婦嘆息著說。

接著她的丈夫在青石條上深深地吐了一口氣。

「要誰說也不行，不止咱這一家。誰違背規矩就得按規矩辦。鎮上現下就拴著好幾個。我又想誰這麼狠心給咱上這筆緣簿？我處處小心，一輩子沒曾說句狂話，如今還有這等事！小住，像你那個楞頭楞腦的樣子，早不定闖下什麼亂子。……」

「哼，既然沒有法，也還是得另想法借錢。也別盡著說二弟，他心裡也一樣的難過。」

媳婦的勸解話沒說完，小住霍地站了起來。

「槍，非要不可？好！典地不吃飯也要槍！到現在跑著求人中鳥用。來吧，有槍誰不會放，有了槍我幹。出差，打人，也好玩。這年頭有也淨，沒有也淨，爹，你想什麼？」

「錢呢？」他大哥說出這兩個沒力氣的字。

小住冷笑了一聲，沒說出弄錢的方法來。即時一片烏黑的雲頭將淡淡的月亮遮住，風從他們頭上吹過，似乎要落雨。

黑暗中沒有一點點亮光，老蒲呆呆地在碎石子上扣著銅菸斗。

他們暫時都不說什麼話。

隔著老蒲家借了款子領到本地造步槍以後的一個月。

剛剛過了中秋節兩天的夜間。

近來因為鎮上忙著辦起大規模的聯莊會，驟然添了不少的槍支，又輪流著值班看門。辦會的頭目們時時得到縣長的獎許；而地方上這個把月內沒出什麼亂子，所以都很高興。中秋節的月下他們開了一個盛大的歡筵，喝了不少的白干酒，接著在鎮上一個有女人的俱樂部裡打整宿牌，所有的團丁們也得過酒肉的節賞，大家十分歡暢。這一夜是一位小頭目在家裡請會長和本段段長吃酒，接續中秋夜的餘興。恰好這夜宴的所在距離老蒲當差的房子只有百十步遠，不過當中隔著一道圩門。自從天還沒黑，這條巷口來了十幾個背盒子槍、提步槍的團丁，與那些頭領們的護兵，他們的主人早在那家人家裡猜拳行令了。像這等事是巷子中不常有的熱鬧，女人站在門前交談著頭領們的服裝；小孩子滿街追著跑；連各家的幾條大狗也在人群裡躥出躥進。老蒲這天正沒回到鎮外的自己家裡，一晚上的事他都看的清楚。

從巷子轉過兩個彎，不遠，就是圩牆的一個炮臺所在。向來晚上就有幾個守夜的人住在上邊。因為頭領們的護兵們沒處去，便都聚在這距牆外地面有將近三丈高的石炮臺裡。賭紙牌，喝大葉茶，消遣他們的無聊時間。

像是夜宴早已預備著通宵，那家的門戶大開著，從裡面傳出來的胡琴四弦子的樂器與許多歡呼狂叫的聲音，炮臺上的人都可以聽得到。

約摸是晚上十點鐘以後了。老蒲在他當差住的那間小屋子裡吹滅了油燈打算睡覺。自從七月中旬以來他漸漸得了失眠症，這是以前沒有的事。他感到老境的逼迫與惝怳的悲哀，雖沒用使利錢，幸虧自己的老面子借來的五十元大洋，到月底須要還清。而秋天的收成不很好，除掉人工吃食之外，還不知夠不夠上租糧的糧份。大兒子媳婦雖然是拚命幹活，忙得沒有白天黑夜，中什麼用！債錢與租糧從哪裡可以找的出？小住空空的學會放步槍的本事卻特別給老蒲添上一層心事。種種原因使得他每個夜間總不能安睡，幾十天裡原是蒼色的頭髮已變白了不少。

月光從破紙的窗櫺子中映進來，照在草薦上，更使他覺得煩擾。而隔著幾道牆的老爺們的快樂聲音卻偏向自己的耳朵裡進攻。這老人敞開胸間的布衣鈕釦，一隻手撫摸著根根突起的肋骨，俯看著屋子中的土地。一陣頭暈幾乎從炕上滾下來，方要定定神再躺下，忽地在南方，拍拍……拍，什麼槍聲連續響起。接著巷子裡外狗聲亂咬，也有人在跑動，他本能地從炕上跳下來便往門外跑。

「上炮臺！上炮臺！是從南面來的。」幾個團丁直向巷子外躥跳。

沒睡的男女都出來看是什麼事。

炮臺上的磚堆子下面有幾十個人頭擁擠著向外看，有些膽小的人便在圩牆底探聽訊息。這時正南面的槍聲聽得很清，不是密集的子彈聲，每隔幾分鐘響一回，從高處隱約還聽得見叫罵的口音。

住在巷子的人家曉得即有亂子也是圩牆外面，好在大家都沒睡覺，有的是團丁、槍彈，土匪沒有大本領，不敢攻進鎮來，所以都不是十分害怕。獨有老蒲自從他當差的屋子跑出之後，他覺得在心口上，存放的兩顆火彈現在已經爆發了！來不及作什麼思索，一股邪勁把他一直提到圩牆上的炮臺堆子下面，那些把著槍桿的年輕團丁都蹲在牆裡，他卻直立在堆子後面向前看。

月亮剛出，照著田野，與鎮外稀疏的樹木。天上有一層白雲，淡淡地把銀光籠住，看不很清。但一片野狗的吠聲，在南方偏西，一道火光，嗤嗤子彈的紅影從那面射出，不錯，在南方偏西，就是他家，看守的老塋地旁邊！子彈的來回線像在對打，並不是由一方射出的，一片喊聲，聽得見，像有不少的圍攻者。

老蒲看呆了。一個不在意幾乎把半截上身向磚堆子外掉下去，幸虧一個團丁從身後拉了他一把。

「咦！老大叔，你呀。好大膽，快蹲下來，……蹲下！槍子可沒有眼。不用看了，那不是你家裡遭了事？一準，響第一槍我就看清楚了。……」

老蒲像沒聽明白這個團丁的勸告，他直著嗓子叫：

「救人呀！……救！……兄弟爺們，毀了！……家裡還有兩個小孩子，……救呀！……」

「少叫，你小心呀！槍子高興從那面打過來。」

那個熱心的團丁硬把老蒲拉下了一層土階。

「槍，……槍，你看看，你們就是看熱鬧。放呀，放，打幾十槍把土匪……轟下去就好了。」他的口音簡直不是平常的聲音了。

「蒲大叔，這不行！你得趕快去找會長，咱們在這裡聽吩咐。究竟是什麼事？不敢說來了多少人，又不知道，快去，……快請頭目來看看，準有主意。……不是還沒散席？」

有力的提示把這位被火彈炸傷的老人提醒了，一句話不說，轉身從土甬道上向下跑，兩條腿特別加勁，平日一上一下他還得休息著走，這時就算跌下去他也覺不出來。

沒用老蒲到那家夜宴的去處相請，幾個頭目，還有本段的段長都跑過來，手裡都提著扳開機鈕的盒子槍。

他們的酒力早已被這陣連續的槍聲嚇了下去。隨著幾個護兵一起爬上炮臺，老蒲喘噓噓地跟在他們的身後。

他們都齊聲說這一定是對蒲家的包圍，閃閃的火光與一耀耀的手電燈在那片老柏樹與白楊樹的周圍映現。

有人提議快衝出十幾個團丁去與他們對打，可以救護老蒲一家人的性命，可是接著另一個頭目道：

「快到半夜了，你知道人家來了多少人？是不是對咱們使的『調虎離山計』？」

又一個的遲疑的口氣：「他們敢這麼硬來，在那幾條路口準有卡子。」

幾個瞪著大眼的團丁聽這些頭目們兩面的議論，都不知要怎麼辦。

老蒲已經在圩牆上跪下了。

「老爺們，……兄弟們，……救人啊！……看我那兩個小孩子的身上！只有我這把不中用的老骨頭活著幹什麼用！」他要哭也哭不出聲來。

「不行！這不是講情面的時候，你敢保得住一開圩門土匪衝不進來？鎮裡頭多少性命，多少槍支，好鬧著玩？救人，不錯，你先嚇糊塗了，誰敢擔這個干係？好，……你再去找會長，還在那客屋裡，看他有什麼主意。」

一個三十多歲的頭目人給老蒲出了這個主意。

原來是管領老蒲的本段段長，「來，咱一起去，快，這真不是玩！……」

「老爺，……楞大爺辦聯莊會，不是說過：外面一有事，……打接應？我家裡就是那桿本地造的槍！……」老蒲急的直跳，說出這樣大膽的話。

「快下去，拉他去見會長。誰和你在這個時候講章程去！……」有人把老蒲從後面推著，重複躥下了圩牆。

就在這時外面樹林子旁邊閃出了幾個火把，槍聲也特別密了，子彈如天空中的飛哨，東西的混吹著。

不久火光由小而大，燒的那些乾透的秫稭、木材響成一片。

「了不得，這完了！放起火來，老蒲這一家人毀了！……」有的團丁也十分著急，可是沒得命令，既不敢出圩門，又不能胡亂放槍。

槍聲繼續不斷地響，火頭在那片茅草屋頂上盡燒，映得炮臺上的各個面孔都發紅。及至老蒲與段長領下會長的命令爬上炮臺，斜對面的火已經燒成一座小小的火山了，屋梁的崩塌與稀疏的槍聲應和著。

段長大張了口傳達命令：「只準在圩牆上放幾十槍，不能開門出去打。……」久已等躁了的團丁與他們的護兵們這時都得上勁，拍拍砰砰的步槍與盒子槍彈很密集的向火山的周圍射擊。

時候已經快到早晨的一點了。

炮臺上的射手正在很興奮地作無目的的攻擊時，老蒲卻倒在他們的腳下，因為他第三次上來，看見自己家屋上的火光便暈過去了。

兩排密集槍彈攻擊之後，接著另一個團丁吹起集合號。淒厲的號聲驚起了全鎮中的

五十元

居民，即時樹林子旁邊的槍聲停了，似乎土匪怕鎮上的民團、聯莊會，真要出去，他們便善退了。

幸而火山沒再向四外爆發，不久火頭也漸漸下落。

沒天明，老蒲醒來，再三哀求才得開放圩門，到灰燼的屋子中去看看。第一個與他去的卻是那著名的街滑子伍德。

接著自然是鎮上有槍的頭目們，領了隊伍去勘察一切。

勘察的結果：老蒲家的東西除掉被燒毀外的，什麼也沒丟失，棘子垣牆與木板門變成了一片灰土，屋子的房頂全露著天，牛棚燒光了，土牆坍塌了兩大段。屋子中，老蒲的大兒子躺在土地上，左額角上一個黑血窟窿，大張著口早斷了氣，小住斜倚在土炕前面，不能動，左腿上被流彈穿透，幸而沒傷著筋骨。那桿本地造的步槍橫靠在他的大腿上，子彈袋卻是空空的了。

女人們都在另一間的地上嚇昏了，沒有傷損，唯有炕上學著爬的老蒲的小孫子屁股上穿進一顆子彈，孩子臉色土黃，連哭也不會了。

除了有死有傷的人口，院中一個存糧小囤、乾草堆，全被這場火災化淨。

事情過後鎮上出了不少的議論：有人說老蒲確是「謾藏誨盜」，不要看他自己裝窮；有的斷定是尋仇，不是為了財物，然而多數人的推測是土匪要去籌槍！這一家人，死的死了，傷的還不能動，究竟是為了什麼，自然也說不出來。

會長與那些終天拿著槍桿的年輕人，卻都同聲稱許小住的本領。他只有一桿本地造的步槍，不到一百粒的子彈，他哥一定是用的扣刨的土炮，這樣土匪便攻不進去，還得發火，誰說辦聯莊會不行？當初買槍不願意，現在可救了急！沒有這桿槍怕不都得死？……也許綁一個去，老蒲那個破費可更大了。……尤其是鎮上的頭領們經過這次的試驗之後，知道本地造的木槍真能用，放幾排子彈，炸不了，工人的手段真高妙，不亞於兵工廠裡的機器貨。他們在當天開過一次淡話會，報縣，搜匪，合剿，加緊防守，末後一條決議是老蒲的這次意外事，日後由會上送他幾十元的安家費。

一切進行很順利，過了兩天大家便似乎忘了這場慘劫，漸漸的少人談論了。

老蒲家三輩子安住的塋地旁邊的房子不能再住了，更蓋不起，也沒有再與土匪開仗的膽力。抱著火彈燒裂的胸膛，老人到處求面子說情，求著搬到鎮裡一間農場上的小團屋子暫住。

五十元

一個月後，小住的腿傷痊癒，只是他那小侄子的屁股紅腫爛發，經過鎮上洋藥房的三次手術取出子彈來，終於因為孩子太小，流血過多，整整三十五天，這無罪無辜的小生命隨著他的老誠的爹到土底下去了。

又是一次的醫藥費幾十元。

舊債還不了，添上新的，轉典了二畝的地價，老蒲總算把這場橫禍搪過去。雖然他的伶俐的媳婦還病著不能起身，據醫生說，他可放心，不至於有第三條人命了。

會上的捐贈是一句話，過了這許久並沒有下文。別人都說還得老蒲自己去認真叩求那些頭領們才是合乎次序的辦法。但向來是服從規矩的老蒲卻有下面的答覆：

「罷，……我……人死得起！兩個呀，兩條性命送了人，這幾十塊錢我還能昧心去使，……昧心去使！這……」這老實人現在只能說這兩句話了。

獨有那桿本地造的步槍，老蒲每見它倚在門後，眼都氣得發紅。有一天他叫小住肩著這不祥的禍根，自己領著去繳還段長，說是槍錢不提了，這個東西會上可以收留，好在他家現在不住在野外，更用不到。

「哪能行！這個例子開不得，東繳，西繳，有事誰還出差，咱大家的會不完了？在這裡住，你們到時候也得扛槍呀，你這老糊塗，沒有它，小住的性命還到今天？……哈哈！……」

於是小住便只好又肩著這不祥的禍根到那間團屋子中去。深秋到了。

老蒲再不能給人當差，他不能吃多飯，一個人楞著花眼看天，咕咕噥噥地不知自己對自己說些什麼話，耳朵也聾了許多。小住自從腿傷好後，因為自家的典地轉典出去還了債，雖然還種著人家的，可是到這個時候田地裡也沒有甚活計。他不常在家。他只得了鎮上人們的讚許，槍法、膽氣，這樣那樣的好評語，能夠使他怎樣呢？現在家裡十分困難，有時每天只能吃一頓早飯，他這年輕有力的小夥子是受不了半飽的虐待的。

他常常與伍德在各處混，好在老蒲如今再沒有心思去管他的閒事了。

自從伍德把小住從灰堆裡背出來，那時起，小住知道這個年輕人不止是一個無產無業的街滑子了。雖然人人煩惡他多嘴多舌，小住卻與他十分投合。自從家裡沒了活計，又是在悲慘困苦中數著日子過，小住覺得再也忍不下去。

某夜，沒明天，正落著淒冷白露，鎮上人家都沒開門。小住家的團屋外面有人吹著口哨，馬上小住從屋裡跳出來。

「伍德，你都辦好了？……」他惶張地問。

「你真是雛子，這不好辦，我與他們哪個不是拉膀子、打屁股，還有不成？這不是！」他從小破裌襖裡摸索出尺多長的一件鐵東西。

「還有子彈，……快取出來，咱有投奔，我不是都交代好了？……」

小住返身進去，從單扇門後頭提過了那桿拚命的步槍。

「就是，……他老人家……」小住對著小窗眼抹著眼淚。

「你能養活他？……不能，就遠處去。……回來也許有人請你當隊長。」……伍德永遠是好說趣話。

「快，……繩子都拴好了，再晚怕碰見人便縋不出去。……」

小住什麼話也不說，隨著他的新生活的指引者向密層的露點中走去。

第二天，鎮上東炮臺的看守丟了一桿盒子槍、一袋子彈，而老蒲家的五十塊大洋買來的禍根子也與小住同時不見了。

一九三三年七月十五日

父子

鄉間只有樹木，禾稼，與各種類的野草，小花還在和平中生長著；凡是生物，連一隻守夜的狗，叫明的雞，都知道生命的危險，與對於危險的警覺。

火與殺籠罩著那些古老的與向來安靜的鄉間。

自然，人間的悲劇也到處裡扮演。蔣鎮自從這十幾年來老是有一群群武裝農民，半官式的民兵，為了不得已的多次經驗，教會了他們以許多軍隊中的知識與方法。青年們對於槍的種類，式樣，射擊的巧妙，都有訓練。每個稍稍好事的，無論是步槍，盒子槍，放幾響的手槍，取過來便能如鋤頭犁把般順手。而他們的大膽，勇力，與令人奇怪的好戰，好鬥狠的心理，使一般老人見了搖頭，雖然不以為然，可是每個老人都願意他的孩子們有點本領。

在另一個危急爭鬥的時代中，古老的心思被變動的巨手捏碎了。

討飯的叫化子沒有了，以前耍拳賣藝的流浪人更不許進來，每年兩次社戲有引起重大危險的可能，這類娛樂完全停止，於是大家在偶而閒暇的時候，便只好到小賭場裡消遣時光。

人人想著投機，從不可知的賭注中討便宜，所以在鄉間不是十分老實人，差不多都會摸紙牌，推牌九。

蔣鎮是這一帶幾十個小村莊的領袖村子：它那裡有不少的由都會傳染來的毒菌，賭場自然是一類。賭，是這地方上的頭目不能禁止的，更不必提不願禁止，頭目們、武裝的團丁、更夫，除了操練巡邏之外，有什麼玩意可以鬆快他們終天終夜的緊張心情呢？

沒有地種，沒有工做，或是懶散的破落戶，弄一兩間黑屋子開賭場，抽頭，這正是很合宜的職業。鎮上有一家老牌賭場，因為主人善於言談，講交情，公道，遂成了第一家。

下小雨的一個初秋傍晚，土牆的巷子中被黑影堵塞著，街上滿是印著足跡的泥濘。夏天快完的半個多月，一連有幾場大雨，靠大河的地方都鬧水災，這裡雖是沒被雨水淹沒了村莊，田地，但是道路上儘是一片片水窪。不料才隔了三、五日，淅淅瀝瀝的小雨又落了一天。老郭在屋子裡擦完油燈罩，一盞，兩盞，玻璃罩子老是在手裡轉，覺得不如每天來的手法快。先點著了那盞小燈，放在土炕正中的白木桌子上。燈光落下了不大的一周明圈，更顯得明圈以外陰沉可怕。風聲，雨聲都在粗櫺窗紙上敲打著，老郭的心越感到沉悶。

「可惡的天氣！不用雨偏像寡婦的眼淚滴不完！今天晚上能到幾個人？」這是他不高興的由來。

紙牌，骰子，攤牌的破氈，與盛菸葉的木盒，都預備齊全，顧客呢，卻一個還沒見進門。不很光明的屋中唯有這位老人孤獨的影子，在地上，牆上映照著。

沉沉秋雨的黃昏包圍住這沉沉身世的老人，屋門外的泥巷子，風和雨，期待而略帶焦急的心思，都一樣是沉沉的。

煩惡紙菸是他向來的習慣，雖然英美公司的各種賤價紙菸到處風行，年過二十歲的鄉間人差不多人人在腰袋裡總有幾枝，除非是十分謹願的種田的農夫。老郭自從多年前流行的強盜牌，孔雀牌的外國菸那時起，就不贊同，直到二十年後的現在，他仍然叼著半長不短的烏木旱菸管。在暗影下點上一袋，向喉嚨裡壓下無聊的寂寞，一陣刺激嗆得他的肺氣往上撞。辟開破舊的黑門，一口濃痰往街上飛去。落到泥水裡去，正好惹來了一個反響。

「哈！老郭，有勁，差一點沒吐到我腿上來。」接著話聲，一個披了蓑衣的人影從街上挪到門口。

「大哥，快來，進來避避雨。你一來，不多時就會湊成小局。從家裡來？」

「從家裡？那！老早到街裡來，到德勝喝了四兩，恰好有賣蒸雞的，一隻雞，四個餅，連吃加喝，又是這樣的天，痛快，痛快！不管你這邊人手夠不夠，先來憩一會再說。」

人影在朦朧中塞入木門，笠子，草蓑都丟在地上，一個個土地上的泥腳印印得很清。脫了鞋子，從容地上炕盤住腿。這來客綹著下頷上的摻白短鬍子，長的臉，兩面有高起的顴骨，大嘴，令人一見不會忘記的是上唇下外露的幾隻黃牙，比別人的門牙高，而且突出，這是他的特別標記。

「這樣的天，正好到你這裡來玩玩。噯！老郭，你比我還年小，家裡的人又順手，一天見個一塊八角就夠自己的開銷，快活！日子怎麼也是混的，像我可不行。……」

老郭一見這位熟客進門，馬上叫他的沉沉的心思活動起來，順手將炕下擦完的那盞大磁座煤油燈點起來。屋裡滿浮著溫暖明光。一袋菸還沒吸完，對著在炕上盤坐的老人道：

「鐵匠大哥，你別的樂大發了。你多好，外頭有相好，開著鋪子，家裡呢有吃有穿，一個月還有幾塊錢的供給，你任嗎都不管，上街來隨便你玩，喝，賭賭，淨找著談得上來的人談談天，和我比，天上地下！」

「哈哈！一家不知一家！不差，我有兒在外頭混錢，有在家裡的做莊稼活；也不差，還每月給我那幾塊錢，可是老郭你不知道我那些蹩拗？一句話，『不是冤家不聚頭！』我和那些東西攏不成一堆！……」

「你也是自己找！應該樂幾年了，這年頭，快近七十的人了，能活幾天，幹什麼和孩子們亂鬧？我明白，你家那兩個並不是荒唐，都會過日子，錢看的太結實，你還不知足？這就是好！你把手藝傳給他們，幹的旺相，老大現在能下力種地，一個銅板拿出火來，你得好好地裝爺，別太和他過不去。」

「哼！我怎麼和他們過不去？外頭的鋪子是我創的，手藝是我教的，家裡原來只有二畝地，這十多年我給買上了畝半，你想，老郭，我多花三十千五十吊算得什麼？我就是好喝幾兩酒，賭賭小牌，可是你別瞧我老了不能幹活，從小時候學成的把戲教我兩隻手閒起來還不對勁。怎麼我和他們不能在一起過？年紀大了，不荒唐，卻看的錢太中用，……自然我也有我的脾氣，誰沒有？再一說，你打聽打聽與我熟的鄰居們誰曾說過我的壞話？」

老郭看這位口氣剛勁的老鐵匠一提到家事就上火，他將菸斗在土地上扣著，高聲地說：

「清官難斷家務事，大哥，你為人真好，和你玩牌的，喝酒的，還有找你做過活的人家，自來沒聽見對你說什麼話。可是大家都知道你和你家裡的人弄不來，這也怪，好在你可以自己過，倒省心。……不提這個了，今晚上咱的小局總得湊湊，難得這悶人的天氣。你坐著，我去找手，順便要兩壺水來，有人就是一夜的長局。……」

「這才對勁！我一個人回去到那個小屋子幹嘛？大福家兩口子都不去，我也不高興與他們見。年紀老了，睡不寧。你快去，我看著門。……」

欣然地微笑浮現在短身材的老郭臉上，提著兩把茶壺，連笠子也沒戴，便向門外的風雨中走去。

不過半個鐘頭，這小屋子裡滿了菸、氣。笑聲，詛咒的話，歡喜的口氣，一齊在土炕上紛嚷著。地下有人在燎著鑌鐵酒壺，木柴火焰一突一突地起落。牌局很容易湊成，老郭自然是不下手的，另外還有一個鎮上歇班的團丁來看熱鬧，赤著光腳，挽起灰褲管，坐在鐵匠的蓑衣上吸紙菸。

門外的風聲小得多了，只有一陣陣的細雨像灑豆子打在窗紙上，緊一會又慢一會。

土炕上四個人的手指不住地挪動，眼光在菸氣中也不住地往左右看。他們互相訴說著「千子」、「五條」、「毛麼」、「鬼車」的專名詞，銅板，發票，在破氈上轉動，他們各自懷抱著勝利的希望，心也懸懸地擾動。獨有歇班團丁玉興覺得十分從容，他只等待著酒熱了呷幾杯，好到炮樓上換班。

「郭大爺，這二斤酒今晚上從哪個燒鍋裝來的？真香噴鼻子哩。」

老郭在支起的磚前撥弄著柴頭，砸砸嘴道：

「玉興，你在街上喝的酒不在少處，還聞不出來？這是二鍋頭，——是德勝號的新酒。今晚上雨落得有點涼，又預備打通夜，特別湊的手。到德勝去，正好人家的酒剛燒出來。我和掌櫃的說好，從場子裡接下來的，一點水沒攙，本來德勝的酒就比別家好。」

「怪不得！」青年的團丁望著酒壺底下的火光，「我想，平常聞不到這麼香。德勝這幾年生意做好了，石掌櫃的多能，誰也比不上。這幾年買賣難做，糧又落價，偏偏他有些鑽錢心眼，春天早早糴下秫秫，囤起來，做酒；又弄洋錢，一轉手就有利。……」

團丁的話沒說完，炕上的一個人接話：

「德勝不賺錢？不賺錢就能典地？石掌櫃的真會找便宜，這不是又發了一回外快財。」說這話的是老郭的隔壁緊鄰，鞋鋪子的帳先生王三成，他這時賭運很好，剛剛和了一套車。

「外快財？什麼？」團丁問。

「不知道？你問問鐵匠大哥是不是撿便宜？」

「他媽的！這牌像有鬼，揭一張『烏風』多好，……不來！三成你說什麼？你這張嘴就像壞女人的……什麼也藏不住。」鐵匠正輸了沒好氣。

「哈哈！怕什麼，你老人家自己出脫自己的產業，又不犯法，還背人？」

「怎麼，大哥又賣地嗎？」老郭猜的自以為不錯。

鐵匠將一手的紙牌向氈上一撒道：「不是賣，南泊下的地我用錢使，典出了九分，早上才論好價錢，寫了草契，不，三成怎麼知道，是他代的筆。就近石掌櫃的手頭現成，他典了去。……」

「人家憑著錢，這邊憑地，怎麼是發外快？」團丁進一步的追問。

炕上的王三成是個滑嘴老鼠，他一面洗著牌，一面笑嘻嘻地回過頭來望著地下。

「玉興，你現在真是吃糧的小子了，只懂得耍槍，裝子彈，時候忘了，秫穀的收割也不明白，年紀輕輕的！……這是幾月？不正是要割秫秫的時候？這回把地典出去，人家不費力氣，不化糞料，先淨中這一季的紅米，難道這不是便宜貨？鐵匠大哥卻不在乎這點點哩。」

「唉！這麼樣，有錢，我早留下多好。」老郭很可惜地嘆著氣。

「等到你抽十年頭再說吧。」三成輕輕回答。

別人一齊笑了，獨有鐵匠卻沒再說什麼，右手顫顫地捋著下胡根，大瞪著眼像有心事。

「怎麼啦，地典出去，有的是賭本，愁什麼？好，揭牌！」另一個年輕人。

「老郭，酒該熱了，先倒給我一碗。」鐵匠懶懶地摸著紙牌，同時用乾黃舌尖捫著厚紫的下唇。

燙熱的燒酒灌到每個人的腸胃中去，增加了他們消夜的興致，玉興尤其高興。他從衣袋裡掏出一包花生米做著下酒物，雖然不賭牌，覺得這已經是沾了大家的光，下半夜在炮臺上守夜不怕初秋的冷風了。

兩盞油燈躍躍地燃燒著光亮的燈芯，一屋子人把一切憂愁全忘了。

在賭場裡誰高興談論這莊稼生活，地畝，糧米的話，一會都不復提起，大家在用心從紙牌裡找幸運；在寂寞的秋夜裡力求興趣的溫暖。

這小世界中充滿著希望，歡笑，與快活的友誼，獨有鐵匠大哥卻在沉悶中成了唯一的輸家。

連朝苦雨難得有這兩天的晴光，人人都怕高粱在泥地裡生了芽，趁著天氣好，牲口、人、車子、鐮刀，都紛紛在半水半泥的田地中忙著。初秋的收穫是農人一個興奮的時季。

鐵匠大哥自從那夜賭輸了一回，鎮上再沒見他的身影。有人說他在他那小村頭上的茅屋裡犯癆病。也有人說這兩天和他的大兒子賭氣。本來他在家裡隔不上三天，爺倆就得吵嘴，鎮上與小村子的人誰都知道，並不稀奇。

然而以開小賭場為業的老郭卻感到十分落寞。

沒曾熬夜，大家忙著下地搶活，連那些好玩的人也趁空去做短工，看邊，晚上有幾個人來，不到半夜便各自散了。生意自然清淡。最奇怪的是連鞋鋪的帳先生也與老鐵匠一樣的不見面。

早飯後，老郭叨著烏木菸管逛到巷子口，路過鞋鋪，只有兩個學徒在光滑的木案上上鞋底，帳桌邊木凳上空空的沒有三成的影子。本想過去問問，怕給那兩個小孩子瞧不起，「又來鉤引人，老沒出息！」良心的自責，使他將腳步另轉了一個彎。

雞市正在這道小巷的前面，不逢集可十分清閒，連一把雞毛也沒有。三個光了上身的小孩在水溝旁邊堆泥磚。偶然有幾輛車子從巷子外邊走過去，正是從郊外高粱地推來的。在下垂的赤紅高粱穗子中間，隱藏著披了披布，滴著汗滴的黑臉。一隻牛或是個瘦怯的毛驢子，拉開韁繩邁著吃力的步拖動這一車重載，厚木輪子滾在泥裡印成了很齊整的一道黑溝。

這些光景是老郭年年看慣的，引不起他的興味。他沒有一指地，好在用不到向車子，鐮刀上操心。沿著大街店鋪前廊的走道，悠閒而微覺鬱悶地向南去。

恰好距離出賣好酒的德勝號不過十多步，在那有石級的門首起了一片喧雜聲音，連罵帶恨。還有什麼「父債子還！……比不得到城裡見！」的口氣。意外激動引快了老郭的腳步，走近前，十幾個大小孩子圈住那字號的木板門，正在聽那個臉上突結著紅筋的掌櫃作報告。偏巧玉興在字號南頭的木柵門邊值崗，他倒提了步槍蹓來，與老郭正碰個對面。

「好湊巧，來聽，聽新聞。」年輕的團丁向老郭打著招呼。

「什麼呀？又是使差了毛票，人真好起鬨。」

「哪裡的，這回的事，郭大爺，咱兩個都聽說過的，就是鐵匠——老鐵匠典地的那一出。」

「老鐵匠？小李屯的他？怪不得這幾天老不見到鎮上來。」老郭對於這位老賭友的事體特別容易發生興味。

「俏皮！他這酒鬼高高興興地把地典出去，如今德勝的便宜又拾得不高明，眼看著到口的秫秫米，憑空卻跳出了他的兒子來，說地是分在他手裡，姓石的去割莊稼，要拚一拚。你瞧，這不透著新鮮。」

老郭站在那明晃晃上了刺刀的步槍的一邊，約略聽明白了這回事。

「他兒子，一定是在屯裡下莊稼的他大兒子了，也難怪下輩的發急。本來，老鐵匠老不成材，一個月幾塊錢不夠，還得典地。他抬不起筐子，撒不了糞，到時候圖現成，種地的活全是他大兒的事，好容易忙一夏，現在地要輪到別人手裡去，連種子也白搭。……」

「唉！你還說公道話？」團丁斜睨著這頗有風趣的賭場主人。

「什麼話！老鐵匠是好人，跟我不錯，可是他的不對我也不替他護短，這樁事原是沒意思。」

「瞧吧，高興也許得打官司。石掌櫃不是容易甘心罷休的，你說他不明白？他有憑據，怕什麼。」

「由你這一說，三成的代字人自然得當見證？」

「誰知道？……你聽，那不是石掌櫃的在櫃臺上向大家說這一段，你沒事近前去聽聽，我要先走。」

他說著提動槍桿，隨著一步一響的槍身機件便往大街的北面去。老郭將小菸管插在青腰帶上，便擠入圍住德勝號門首的那一群人前面去。

這群人中雇來的短工居一半數，有的還拿著農具，他們都帶著沾泥的兩隻腳，笠子斜背在肩膀上，一看就認得出來。其餘的是鎮上的鄰居，以及游手好閒的街滑子。石掌櫃穿著舊繭綢小衫，敞開胸膛，腆出他的肥垂肚皮，右手裡一把黑紙大摺扇一起一落地正在幫助他訴說的姿勢。他有一般小商人和氣的面孔；從和氣中卻透出令人不易相信的神色來。

「大家想，若是有憑有據的事都不作證，人家花錢幹什麼？我說，花錢幹什麼？」他重複著訴說這一句有力的證明，鼻孔裡吸著咻咻粗氣。

「再一說，人證，物證，我都不怕！難道他老子典賣的地土兒子硬不承認就算事？如此說來，多少年的舊案都得翻過來！他有本事和他的老子算帳，這是他一家的事，誰能管！現在我去割莊稼，他，——大福就想跟我拚命，真混蛋！這種事誰怕誰？我叫人看著，明天再割，不講情還不講理？老鐵匠一哼都不哼，用得到這小子出來拉橫理？我姓石的沒有把柄的事不能幹，好！三成的代字人是原業主親自去找來的，大家記著，……好不好，憑官斷！……」

黑摺扇忽的聲全撒開，即時在空中搧動著。聽講的一群人紛紛地議論著。

「論理自然是沒有話說，誰教他爺使了人家的洋元。」

「也太不為子孫打算了，過了這一季再典也還好，這豈不是連新糧食都賣出去。」

「哈，……老鐵匠若是能想到這裡，他還幫著兒子下地幹活哩！」

「莊稼人過日子的，眼見打成的口糧叫別家收割了去，難怪他心痛！」

議論是不一致的，由街頭的意見越發知道這事不能平和了結。

老郭看看那做酒的掌櫃臉紅氣喘的樣子，不願意加進去說什麼話，站了一會轉身向東去。他心裡卻惦記著老鐵匠惹起這場亂子怎樣方是結局？他知道幾十塊銀元在那酒鬼的衣袋裡已經存不下幾塊，他有賭帳，有酒債，不能不還，兒子每月給他的幾個錢不夠數，他也沒法子，習性使他不會再有過日子的本領。又像是與兒子們賭氣，在外鄉弄得鐵匠鋪裡不安寧，小兒子送他回家，他還是那種脾氣。看不慣兒子只知持家賺錢，不請教自己的樣子。這酒鬼連老婆都不和他一起住，自己在屯子的一間小屋裡睡覺，燒飯，也可憐！說家業，本來有他年輕時掙的一大半，他兩手好活，尤其精細，在鎮上的手藝人誰也比他不過。……現在落到這麼樣！……

心腸和軟的賭場主人惘惘然信步走著，在縣西的一條橫巷子口外沒留心卻與一個人的肩膀撞了下。

「喂！郭大爺，我走的步快，怎麼你老人家也看不見？」

老郭抬起頭來，想不到正是隔壁鞋鋪的大夥計，機會恰好，忍不住便喊他站下問一問三成的去處。

「你！人老了，走道便不留神，你正當年，還怪我忙什麼。像老鼠一般的瞎跑，……你鋪子的帳先生呢？」

「不用提了，瞎跑，這還不是為他的事。帳先生，好給人家代筆，這回卻脫不了干係！打早上出去連午飯也沒回來吃，這會鎮公所裡派人去叫他。郭大爺，你該知道就為老鐵匠典地的事，今天因為割莊稼出了亂子，鬧到公所裡去。他是要緊的證人，鋪子裡叫我各處找他去當見證。……大爺，今晚上帳先生大概得缺席了。」

這狡猾的年輕人說笑著便向巷子裡跑，老郭無聊地向四下里看看，嘆口氣走回自己的家中去。秋夜清冷，農場上除掉幾個守夜人之外一點動靜都沒有。

快到半夜了，月亮早已落下去。黯黑的天空只有大大小小的星星瞅著迷人的眼睛，像是偷看這下界的隱祕事體？

矮小的三鐵匠忍住癆病夜嗽的習慣，在自己木門外的菜園裡輕輕逛著。他也是快近六十歲的人了，一輩子的勞作從少年時起便得了黃瘦的病症，雖然他很勤懇地做著鐵匠活的農家副業，究竟精力不能與他的伯兄——老鐵匠——相比。從上一輩起，幾十年了，與他的伯兄分居，過著儉苦的日子。他由於病，也是生性怯弱，不像伯兄的能幹。手藝平常，只好在鄉下替鄰居做粗活。

這一夜他平添了忐忑的心事，昨天的光景使他不能忘記！小福與他那好找蹩拗的爺吵嘴，甚至罵祖宗，不是稀罕事，然而那小子很楞，近來的性格分外躁烈，彷彿任管對誰也要拚命似的。與石掌櫃的在南泊裡鬧過一場，理，向人爭不過去，姓石的也不好惹，第二天眼看著一捆捆的紅穗子被新業主的雇工向鎮上推了去。把柄在人家手裡，動武更不成。在地邊子上跺著腳直罵，老鐵匠藏在小屋子裡裝沒瞧見。

三鐵匠回想著這段事與侄子的凶橫樣子，深深地憂慮著日後不知要弄出什麼難看的家務。

他徘徊到井臺旁邊，聽著石欄下蛔蛔兒叫的十分淒清，偶而有三兩個閃光的螢火蟲飛過來,在亂草裡即時看不見了。過重的擔心將這怯弱漢子的心完全占住了,「怎麼是個結局?」雖是久已分居過日子,說不的,還是近房兄弟,「噯!」輕輕地嘆聲,他向黑井裡吐了一口氣。

一陣狗咬聲從東邊傳過來,他彎了腰在扁豆架子的空隙裡偷著看,一片朦朧的暗影什麼也看不清。忽然,接著是遠遠的喊叫的悶聲,沙沙的,慘厲的,像是有東西阻止喉嚨的啞音,彷彿是「救命」兩個字音的顫動?這回,他很清晰地聽明了叫聲是從農場東頭的小茅屋裡發出來的,他的全身驚顫了一下,心在噗噗地跳動!下意識地邁過菜畦子向東跑,即時,那叫聲便沒了。農場邊的青楊樹葉子刷刷作響。

躥到老鐵匠自己住室外的高粱風帳前面,他跕住了,兩條腿篩羅般的抖顫。明明是屋子裡有什麼響,像是摔碎木器,又像是沉重的東西倒在地上,他急了,一手推開風帳中間的棘子隔,想近前去叫開那小屋的木門。

極黯慘的微弱的燈光從小屋窗欞間射出來,照著腳步,腳剛剛伸到風帳裡面,一個高揚的嚇人的聲口在窗子裡發了話。

「來,有人讓他進來!一個是這樣,還差再來一個!……進來!……」

這黃瘦的怯弱人幾乎沒把身子栽倒，不敢再動，本能地將右腳拔出來，輕輕溜到農場旁邊的小水溝上，呼吸緊壓，舌根下面被又苦又酸的唾液充滿。他覺得腳下的地向下陷，俯在一塊大圓石上蘇息一會，才醒悟過來。提著心轉回家去，把自己的正在發瘧子的小兄弟叫起來，兩個人又偷偷出去避在水溝旁大圓石後面。

在這裡，一面可望著那有聲響的小茅屋，一面斜對著向村外去的大道。

夜的黑暗籠罩住一切，樹木，農場，田地，全是黑魆魆的。這一個「青紗帳」時季裡時常有殺戮事件，很尋常的河灘上，樹林子裡，土崖頭上，不知那裡來的屍身，有的被繩子絞住頸項，有的受過刀傷，不知為什麼被人奪去了他的生命。也許經過一些日子有死者的親人認領回去，而找不到死者家屬的更多。這很容易判斷，總是綁財票，撕裂了，或是路劫。用不到偵探，也輕易不報縣驗屍。埋到地下，或被野狗當作食物，大家不覺得驚奇，也不以為悽慘！忙於生活，忙於自家防守的情形之下，像這些平凡的橫死引不起一般農民的興味。

然而自從前幾天深水灣發現無頭男屍以來，卻哄動了蔣鎮與左近小村莊，都互相談論著這罕有的事體。

因為沒找到頭顱，這明明不是膽大匪人所幹的事，有仇，有冤，殺人滅跡，十分明顯的情形。屍身丟到水灣中去，不知過了幾天才浮泛上來。死者不像遠方人，又是完全莊稼人的衣服……這個啞謎沒過兩天便被人猜破了。

第一個首先到蔣鎮公所祕密作證人的是那癆病很重的三鐵匠。事先就有人背地裡談論：因為小李屯的老鐵匠忽然失蹤，鎮上老郭的賭場尤其是消息靈通所在。雖然公所裡因為沒有確實憑證，又覺得事情太怪，不肯下手辦。及至屍身漲大了，從那深水灣中浮上來，大家的疑惑覺得漸漸地找到頭緒。為了急於替伯兄伸冤起見，三鐵匠催著鎮上的團丁去提人。

於是，在一個明朗的正午，一群肩槍農民把老鐵匠的兒子小福由田地中提到。

在李屯村外的灣邊令這強壯的村漢認識屍身，圍著好多瞧熱鬧的觀眾。

「你們別覺得有勢力，就屈打成招！這一夏死的人多了，難道都能找的出主來？沒有面貌誰知道他是那裡來的走路人？」

他說時用粗大手指擦著濃黑眉毛上的汗滴，聲音並不變，也不害怕，他睥睨著那些鎮上的武士與四圍冷冷的觀眾。

本來還沒有真正的憑據，怎麼好血口噴人？雖然三鐵匠和別人說，那一夜他與他的兄弟暗裡眼看著這村漢從小屋子裡把死屍背出，因為他手提著明晃晃的刀子沒敢追上去。然而以後呢？這怎麼斷定？鎮公所想不出好主意來，結果只好把這倔強的漢子暫且派人看守著。

直至又過了二日，費盡癆病鬼三鐵匠與他兄弟許多力量，晚上沿著灣崖用鐵器崛起泥塊，到底在一晚上從泥崖一邊將死者的頭顱找到。

事情自然十分清楚了。第二天認頭，這是新鮮而怪異的新聞，天還沒黎明，水灣左右已經聚集了不少的男、女、孩子。

昨夜，老郭賭場裡的夥伴們沒有人睡覺，也不摸紙牌。在兩盞的煤油燈下大家全是熱心地討論這件「殺父」大案。鞋鋪裡的帳先生自從這事件發生的那天起，已經減少了飯量，這晚上在賭場的小屋子裡他成了眾人詢問的目標，因為他曾替死者寫過一張典地契。

老郭為這個慘案擦過幾滴乾眼淚，他仍然不很相信為什麼自己的兒子會這樣下毒手？

「這是逆倫大案，應該把那個村子都劃平了！凶手是誰，點一盞天燈！現在什麼都變了，不曉得縣官怎麼辦？太壞了，簡直不是人住的地方，真是鬼附著凶身！生身爺，……有兒子的都得留點神！」

一位四十多歲的賭友發抒感慨，敘出耳食來的知識。

三成立刻給他一個有力的反駁。

「變了，變了！這正是天地反常的時候！什麼刁狡的事不會有？上年南縣裡鬧共匪，沒聽說親侄子用手槍打死他的叔叔？不過為的他叔叔有錢不隨夥。……還有這些年來拿著殺個把人和宰雞似的容易，誰也不害怕！從前……我十來歲時，鄉間人連個吊死的女人都不敢看，殺人誰都不曾想過，現在呢，太容易了，大路上躺著瞪眼的屍身，圩門上掛著土匪頭，連孩子們都敢去瞧熱鬧。……所以啦，鄉下人也會拿起切菜刀切下他老爹的頸子！……」

老郭仰仰頭噓了一口氣，「別高興地吹咧，還說什麼，不是你這份子寫文書哪會有這場事。」

「唉！」三成努努嘴，「早晚，難道沒有鐵匠典地的一樁，他兒子便從此饒了他不成？

如果老頭子把家業折賣完了，那不該著用零刀子割碎？怎麼，……有了財物便不管父子，該死的！總之人心變的太不像樣了！」

「這樣說起來真令人防不及。」另一個人插語。

「是啊，那些暗中把他的老爺子逼死的，人家自然看不出來，可惜小福究竟是莊稼頭，要他爺的命，就是斧子刀子地砍來，要是會想方法，人死了，財物一點丟不了，也許賺個好兒子的名氣呢！」

三成受了這兩天的麻煩，弄不清對於那浮在水面的屍身是憎恨還是可憐，三杯酒裝到肚裡去，激出他這些怪議論。

很喪氣的老郭扣扣菸斗，鄭重地表示他的意見：

「別的都不是，我以為『財帛動人心』！假使他家像我一樣，一指地沒有，鬧不出這個亂子。若是地太多，或是另有出息，小福再凶也幹不出這回事來。本來，鐵匠也太不像話了，兒子們供給零花，還得把要收糧米的地向外典，小福並不是荒唐鬼，終天只知道在土地裡尋生活，吃，穿都不捨得花錢，和他老子正是反過。玩錢，喝酒，一樣也不會，……可是為了財帛便不認的老子，……怪呀！……」

這都是昨夜中小賭場中的民意。各人懷著奇異的盼望，從清早起便到深水灣的土崖上面，誰也要對那凶犯盡力地看上幾眼，擠到前頭去聽聽他有什麼口供。

打開油布，露出了那龐大的老人頭顱的時候，人叢中起了不能制止的騷動。比起平常人的頭有兩倍大，光亮的，水腫的頭頂，一根頭髮都沒了，黃褐色下鬍更看不見，據說是在泥水中脫落了。獨有那狹長的臉盤，上唇下的幾個黃板牙，給觀眾一個清晰印象，凡是認得這位奇特的老人的，同聲說句一點不錯！他的兩個睜大無神的灰色眼球向上翻起，可見臨死時的慘痛。後腦上一個深刀痕，是致命傷，據說：他的兒子砍死他以後拖到灣崖上割下頭顱，丟了屍身，以為從此便可找不到什麼痕跡。

鎮上帶領農民隊伍的頭目這時權且充當法警，將死者的兒子用十字捆起來在大家的包圍中訊問。

事情是不能疑惑的了，證據更是確切。那個一向是沉默著的凶犯到現在出人意外地大聲喊著：

「一人作罪一人當！他是我，——是我親手害的！不說，你們饒不了！那一個黑夜，……去，只有兩刀，……丟屍身，切下頭，……誰都不知道，我一個人！……」

即時上千的觀眾又起了大的喧叫，有的喊好，有的吐著唾沫，更有人主張要即時把這殺父的畜類活埋，紛擾中妨礙了臨時法庭的問話，好容易才平復下來。

及至那武裝的法官執著皮鞭拷問他為什麼這麼狠毒時，又引起滿足大家的好奇心，喧呶的聲音反而平靜了。

然而爛紅臉，濃眉，看去是十分誠樸的漢子，他的答話卻極為尋常。

「他典出了快要收割的高粱地，這地全是我從春天連短工捨不得雇，早起晚眠好容易費事耕種的。經過夏天，幸而沒教水淹了，盼著收成的時候，……他要一家的命！什麼時候？弄出地去喝酒，賭牌，……又每天到家裡使氣，老二寄給他零花錢，不夠，……這不是拚命？要有他，便一指土地餘不下，……是仇家！他已沒了父子的情分！我只當他是一個平常人，他奪去我辛苦種的地，不顧家裡人的死活，還說什麼？……砍下頭來要教人認不出，近來被土匪害的路倒多，認不出還不是當做一個無主的屍身！……」

他不但一點不見得恐怖，對著眼前血水玷汙的屍身，與膨脹的大頭顱，他用力地咬住下嘴唇，對著那兩個灰眼珠直看。他的額部血管一條條突起，一片血暈罩住眼簾，雖然身上曾受過皮鞭，他毫不退縮，反說出這一段話。

「好口供！……你這東西！怎麼說那不是你的親爺？」隊長大聲喝斥著。

「這用得到你說不是親爺？哼！」

「簡直把這畜類在死屍前面摔死不完了，還和他講理？」觀眾中有人這樣提議。

隊長搖搖頭，他接續問：

「凶器呢？在哪裡？……起出來。」

「在我家裡的頂棚上，多餘，什麼凶器不凶器！」這四十多歲凶手的異常狀態，不恐懼，也不反悔，這真出乎觀眾的預想之外。大家都張大眼睛瞪著他，覺得他的凜然的氣概，使人想不到是從前那麼一個莊稼漢子。

不久，那把帶著血跡菜刀被武裝年輕人從屋子裡翻出來，屍身與頭顱埋在一處，派人看守著，即時往城中報告。鎮公所中的人物全忙起來，太陽影偏斜時，人群散了，凶手押到公所去。

老郭和鞋鋪的帳先生緊隨著押差團丁玉興走到路崖，小巷外滿了從鎮上來看熱鬧的農人。

鐵匠的兒子半仰著頭再不說什麼話，任憑人們的咒罵，不低頭，也不求饒！這一下午那位好說笑話的鞋鋪帳先生沒回鋪子，也不多說話，只是在鎮上東南隅的荷花塘的崖石上坐著，老郭和他在一處吸著辛辣的旱菸，對著塘水上離披的大荷葉出神。他們約好玉興，下了班到塘上喝茶，好聽聽那凶手在公所中的情形。

所有被哄動的人群早已四散了，各人又忙著鄉間的農事，趁好天，正在秋收季候裡，紅粒的秫秫米在農場中播揚著，一捆捆秫稭桿束起來向鎮上送。太陽淡影留在樹梢上，金黃色的餘光被燒紅霞彩接去，小雀從這個樹枝跳過那個枝頭，爭唱著牠們歡樂的歌曲。一切是如同每個下午時的平靜，然而那被兒子害死的鐵匠的好朋友老郭與三成卻凝住兩顆慘痛心，在荷塘上呆呆對坐。

「你脫不了干係，要問起典地的事，怕不得到城裡去作證人？」老郭在索寞中想出了這句話。

「這不是別的案子，還用到這個！典的他自己的地，殺的他自己的爹，牽連到別人身上，才怪！你老糊塗了！……」三成深深地吐了口氣。

「不過，」他接著道：「不應該替他代筆，不應該！……」他呶呶地重複了好幾句，正足以見出這中年識字人的懊悔。

「誰也不埋怨，全是石掌櫃的事。他不是不知道他們爺倆的情形，偏偏貪便宜，弄出這一樁怪案！」

「誰教人家有錢，有典的就有要主。」三成無精打采地答覆。

「你看那小子的神情，做這麼狠的事，他像什麼都預備好了！游擊隊去捉他的時候他還在地裡幹活，這東西真不長良心！」老郭對於凶手是切齒的痛恨。

三成默默地不說什麼。

西方的陽光已經全拖到樹後的地平線上去了，薄暮的淡蒼色從四圍漸漸逼近，這時才見端著紅泥茶壺的玉興從荷塘東面走來。

「啊呀，好累，郭大爺還坐在這裡，我怕你二位等煩了。」

「你不是早該下班了？」老郭站起來，沿著石崖散步。

「誰不是早歇了班？看小福那玩意，便耽誤一個時辰。」玉興把茶壺，粗磁大杯子都放在青石平臺上。

「怎麼，還有什麼看頭？」

「唉！怪事，他媽的凶勁！我見過殺人放火的土匪，有時被捉到還失神掉魄地說不出一句話來，這東西，他不但不怕，咬著牙說話，吃黃米餅子一樣吃得下，他倒說：都完了乾淨，橫豎是活不舒服！有了老子沒有糧米的土地，要土地就完了他這一家！郭大爺，這話多脆！噯！真是新聞！……」

「壞小子也有他的狠主意，這是什麼世界！」老郭用銅菸斗扣著泥壺上的銅條。

「還有，……今天德勝的石掌櫃的就沒到場。」

老郭若有所悟似道地，「對呀，那大肚子一天沒露頭，可真怪？」

「他占了便宜，……怕教小福看一眼就夠他受的？」玉興蹲在青石上半玩笑地說著。

「自然，他心虛，連這代筆的先生也彷彿有了病！」

一直沉默坐著的三成聽了老郭的譏誚話，回過頭來淡淡地答道：

「有什麼病？我沒有兒子，……還怕被丟到水灣裡去不成！——我不過想著那爺倆，好好的人，……平常都是好好的人，怎麼會演出這樣的現世報？……」

實在，自誇是知道多少事故的老郭與正在青年的玉興都解答不了這個疑問。

父子

銀龍的翻身

層層的坡上滿生著碧綠葉子的蘋果樹，像一條堆著簇花的綠絨腰帶，圍過了這片高山的前胸。它們正在沉默中展布著新鮮的生機。

山底下，從大腰帶的一端可以望見隱約在疊峰間的小瀑布，如同神話中的銀龍，白天，暗夜，風雨交織的時候，都能看得見那永遠是矯健、活動的姿態。

這處山道的入口，稍偏點，便可望見那搖動閃爍飛練似的白光，像是一個仙人安置成的路標。直對著白光，沿道有的是蔓生的葛根，平頂軟針的馬尾松，與迴環曲折在澗底流著的清泉。有時路向山麓折去，突出的峰頂會遮斷了那條長而細的白光，不意地又從石壁的亂石中間漏出碧森森的潭影。不在近處，想不到那是山半腰白光下瀦的積水。深藍色的一片，很平正地鋪在疊石下的紫色圓潭中。天生成的茸茸的菖蒲，在剪齊的碧色上常常凝浮著不散的霞彩，白光便像一把永不竭盡的噴壺。

這條白光不知從什麼年代起，便比像著被叫做銀龍。相傳有人進山給了這樣的「雅號」，原來是銀龍瀑，為省事，這一帶的山民只叫那上兩個字音。

本來在這過於冷清的地方容易有奇怪傳說，又是「龍」，自然他們便認為瀑布是全山中神祕的所在。水雲觀的道士，從他的祖師起，便與山中居民述說關於銀龍的怪事，與銀龍大翻身時的情形。

從瀑布的兩個側面的山岩上向下望去，一片一片如屋瓦的山田，在成層的果樹行與巍峨的大石中間點綴著，真像可以隨手挪動的玩具。

翻過靠近瀑布的小山頭，隔古潭不過兩丈遠，一條探入峽谷的小道——本來不是道路，只是多少年前向下溜水的石口，有時潭水淺了，便成為峽谷中居民的便道。——橫臥的、尖削的，似在浮動的五色石塊，鋪在那裡，如一條美麗的地毯。

踏著亂石從細竹子叢中穿過去，便是峽谷中的一片平坦地方。青石疊成的垣牆，長方形的山草小屋，松枝堆，都可看得見。小小的山村裡輕易聽不見狗吠。

深闊的峽谷蜿蜒著往南去，陽光在這裡從雜樹上篩落出淡淡的幽影，東面有幾條小道，是通到這群山中別的小村落去的。

西面，一望無際的高山遮住，在谷底不容易看得到落日的景緻。

午後，陰影在峽谷的上面便生了翅膀。

居民用不到養許多守夜狗，為了找食與易於生長，卻有不少的雞群。晨光挾著霞氣浮上蒼翠山頂的時候，半壁與斜坡的短草上便有數不清的黃、黑與純白色的雞，一啄一仰地尋覓食物。就在這時，峽谷東岸下去的山路上，赤腳、穿笨鞋或草墊子的小學生，三三五五地往亂石上面的村落走來。

上學的孩子自然沒有多少，三間窄小屋子裡還空閒著末後的兩條長木凳。照例是不須搖鈴、排隊的，他們等候著他們的唯一的先生，早就在被松樹影遮了一半的屋中大聲讀著簡單課本。朝陽已經落到那些有美麗羽毛的雞群上，先生提著綠竹梢做的教鞭，低了頭也鑽到那屋門中去。

的確，用得到這個恰當的名詞，總算是個「教堂」，也是村中的堂皇建築。先生身軀稍稍高一點，便不能不防備上門框會觸到額角，只好彎著身子往裡走。是幾個月的習慣，不自覺的動作習為故常，他每到門前腰身便似矮了一段。

沒有特殊的古蹟，不是時候好，遊客也沒有幾個。除去上學的孩子們早晚來回之外，還可聽得到山巔上的羊鳴。隔著幾個峰頭，幾道平嶺，那邊小村落的人沒有事也不常往來。

郵差沒有開闢這條道路的必要，每一星期先生可以轉過水潭與圍繞的果樹林，到十里外的本校中去取幾份本地的報紙，以及他自己的信件。

一月，他閉居於這幽沉寂靜的峽谷裡有二十六七天。

分校只有他一個人，先生、聽差，皆憑他的兩隻手做去，並且不停地說叫。除去在那不能多得陽光的屋子之外，他可以到別人家的石垣牆裡的石磨盤旁邊吃學生家長送的新雞蛋，喝泉水沖的苦茶。

各種飛鳥的啼聲與夜間的松濤是他的伴侶。

然而這近三十歲的、目光微微近視的教師在這邊已經快到兩年了。

從一個月前，他新得了一種人類的快活趣味，像是窮極的人收受了一份夢想不到的遺產。

每個星期日的下午，他覺得能夠增加一點難得的興奮！

由這名叫杜谷的山村斜著向上去，從峽谷的東南方出口，不過有二里山地，恰當是轉到著名勝地大道。在突出的兩崖中間原有一所荒廢的道士廟，叫做水雲觀。很小的三個院落，當著深壑的一面有一個石尖基的閣子，據說是六百年前的建築物，年代久了，山荒，路僻，廟裡沒的出息，一天一天的敗落下來。幾年中只餘下一個住持，一個做粗活的夥夫。深茂的蓬草，與露頂的真人殿互相對映，遊客也不屑進去遊覽。山民的心中認為早晚這所破廟要完全坍塌了，想不到這年的夏末它卻得到更新的幸運。

流浪的一對外國人看中了這個地點，花了不多錢，把廟裡的三間尖閣子租下來，修葺布置了一個月，便變成了一所簡樸的山中旅館。

每逢燦爛的春日與清爽的秋天，遊人可以來瞻仰這名山的面目。古廟位置在入山的大道旁邊，凡是往那幾處大寺觀與風景險麗的地方去的，要從這裡經過，所以這外國風的旅舍確是便利所在。

自從由市內找了工人開始修理破廟的時候起，杜谷的先生便不時去參觀那些勞力人的活動。雖在暑期中間，照這邊的習慣，山中向來不放暑假，先生仍然可以在萬山的樹蔭下避暑。每隔三五天，他不辭山道的辛苦，到廟裡盤桓兩個鐘頭。有月亮的時候，往往晚上踏著月影從陰森森的谷口上逛回來。

人多，手腳的忙動，汗滴，互相唱著「來呀，來呀」的聲音，磚塊從鐵鍬上飛到半空，精巧的小尖鏟把柔軟的水門汀塗到石頭的邊緣與尖角上。工人們一面掂弄著磚瓦，一面訴說著奇異的各種鄉間故事。那終日幽藏在大松樹下教室中的先生，他每到這裡，便感到團體活動的興趣。

廟裡的工作完成，那一對外國夫婦搬來了。器具、鋪陳、箱籠、食物，也一同帶來。第二日，教書先生遏不住自己的好奇心，午飯後空閒的兩個鐘頭，他喘著氣跑到廟裡，想看看旅館主人的樣子，因為以前沒曾遇到他們。

在廟門外的竹徑裡，他見到那一對年輕夫婦，是那麼愛好，那麼柔和地互相望著，說著他所不懂的言語，他覺得十分奇怪。

為什麼他們不在熱鬧地方裡喝著，玩著，做買賣，或幹別的事情？人是年輕，穿的雖然不像極闊的衣服，卻那麼潔淨、整齊，跑到山裡來與道士作伴？旅館業雖也是正當營業，他們在這邊能耐的住冷靜麼？能夠自己燒飯，伺候客人麼？種種疑念，又不好問人家，找住持的道士，不在屋裡。這一天他空空跑去一趟，還得趕著回來上課。

與那對青年外國人挨肩走過的時候，穿著短袖白襯衣的高顴骨的男子向他凝望了一下，或者要說什麼話，但因為自己專為來看人家，像是心虛，趕緊低了頭忙忙地穿過竹徑，臉上覺得有點發燒。下土坡時回頭看，男的一隻手圍了淡青色軟綢的細腰，兩個身子緊靠著向廟裡走去。

上午上第一課時覺得有許多話要告訴那些呆望著自己的孩子，要一字一句搜尋著說，有點怪，向來用不到這麼吃力。「常識課本」，事情是簡單到用不著詳說，怎麼講來講去，自己的耳朵聽去也有些不對勁。孩子們好在都不留心，有的在石板上畫畫，有的坐在木凳上閉了眼睛打瞌睡。在每天，他總得走下吱吱響的木臺，把他們教導一番。這一時卻不管了，心裡十分煩膩，像有許多問題沒得到答覆。夜中並沒失眠，眼皮沉重得很，時而有一點水珠在眼角邊上浸潤。很想倒在草地上睡一覺，或者喝兩杯好酒。……

「老師，……」一個十四、五歲的黑臉的學生立起來，像要質問功課上的疑難。

他覺得精神微微地振作一下。

「什麼？——有不識的字？」

「不，老師，問一點事。……老師，水雲觀裡新到的是不是外國人？……人家說是老毛子，對不對？」

「老毛子？人家說，許是。我不知道。……」一本薄薄的教本很自然地放到髒汙的破桌子上，同時他的臉上現出微微笑容。

那個大一點的級長又進一步追問：

「……外國人到這山裡來幹什麼？還住在破廟裡。」

「好糊塗！你就沒看見？人家叫了多少做活的去收拾屋子，一定是開旅館。」

又是一個啞謎，其中有幾個略大幾歲的彷彿猜得到「旅館」這兩個字似是而非的意義，可也說不清。

「旅——館？做什麼用？」

中年的先生禁不住把左手裡拿的竹條子放下，搔搔光頭皮，自己覺得是最蠢笨的人。每天眼見的這些孩子，真的不容易教他們明白一點點的事。然而這哪能不答覆，於是他蹙著眉頭道：

「那外國人把破廟的房子收拾乾淨，預備有逛山的人來好住宿，吃飯。」

木臺下幾十個拖著鼻涕與咧著口的小孩子，都楞楞地向自己看，後排，過十歲的三、四個卻簡直笑了。

「懂麼?人家這是來找地方做買賣。」先生於無可奈何中又加上這一句的解釋。

還是首先發問的級長聰明些。

「老師，聽見說逛山的人天黑了就住廟，道士也管粗麵餅子，還有寬麵條、蘿蔔鹹菜。從前，——我爹說:他給人抬過山轎子，——有從遠處來逛的都是一樣。沒聽說還得外國人來預備房子，……人住。」

「老師，這是怎麼的?」另一個學生也站起來。

本來今天午後周身不痛快，腦子裡熱烘烘地，勉強到班上混鐘點，卻偏來了這一套的考問。沒有理由，不答覆他們，要怎麼說?再說上十多分鐘怕他們也明白不了。他向北牆站著，一隻手的中指敲著破黑板上阿拉伯的字碼。

「還聽不懂?為的賺錢。——外國人逛山也有願意花錢的，廟裡不如旅館來的舒服。」

覺得說的話十分清楚，再找不到更相宜於小孩子們能聽的字眼。雖是像些低能兒，比起市裡的精靈小學生。但「賺錢」總該明白吧?不過他這一時忘記了他的學生們終天是爬山道，吃棒子米、地瓜，只會撿草、砍柴，什麼願意花錢、闊闊這等詞類的涵義，愈講愈使他們糊塗。

級長把厚嘴唇動了一動，像有許多話要問，但看見先生沉沉的面色便不說了。可也沒坐下，呆呆地對著黑板。

陰沉的屋子中很安靜，孩子們有的枕著手臂彎闔眼睡覺。門外松樹上小鳥撲楞楞竄枝子的聲響。

「這麼說吧……」先生把中指指著字，「譬如一角錢，不行。吃了早飯，晚上沒了怎麼辦？……可也有錢現成的呢，不在乎，要舒服，吃的、喝的、玩的，多費點不管。……不明白？外國人來開旅館也得有顧主呀，如今不同了，你爹說的是那些年的事。……」

「坐下。」他看看孩子們沒有答話的，「你們大了就更明白。……」

書本又取在手裡，懶懶地進行著第二冊的算術。孩子們一樣疲倦，因為這幾分鐘關於生活的問答，引不起他們的天真興趣。

越是這麼窮苦的山中居民，越不能空著手過日子。雖然沒有好多的地畝去耕種，收割，然而「靠山吃山」，他們要從掙扎中得到些許的報酬，填滿他們的腸胃。到秋來，收拾木柴、下果子是重要的工作，這都是預備冬天大雪滿山時食糧的準備。有的年輕人便往遠處的山口處抬轎子，作挑夫；女人們忙著補綴棉衣，捆草，伐樹枝子，誰也不得安閒。所以在峽谷的上崖雖然新來那一對外國人，他們除掉曾到廟旁邊偷看幾眼外，幾天過後，也不覺得稀奇。因為見過多少遊山的外國男女，穿的、吃的，以及那麼高興快活的樣子，與他們相比，差的太多。簡直不能想像那些人的福分多大。所以對於那一對外國人也懷著同一的想法，人家是另一個世界的人，到山裡來是玩，消遣。過煩了大地方的日子，找清靜。……這是峽谷中山民的想法，不同小孩子們看見黃頭髮高鼻梁的外國人以為十分奇怪。

自從去看過一次外國人的先生，每值下課以後時常感到這所破房子的空虛。樹木，成群的小雞，山頭上雪白的山羊，都引不起自己興趣。轉過曲澗的小山道，水雲觀在高高矮矮的疏鬆中間，彷彿有點神奇的誘引。那兒，窮髒的住持，彎腰火夫，又加上不知從哪裡拖來的兩個美麗健壯的影子，這都是些可以考究的人物。比起自己來都可羨慕。一份不能遏住的心情，便把這山中分校教師的腳跡常時牽引到水雲觀去。

與老是嘆口氣或者搖搖斑白長髮的住持下象棋。在石堆旁邊呆呆地互相凝視著。偶而有幾句話談到住持的客戶，道士雖然每月把鈔票收到褡褳裡，卻時時露出對他們不高興的神情。「廟裡窮了，說什麼」，「年輕的鬼子」，或是「邪氣」這幾句照常的話，像發感慨，也像是對付教師的詢問。至於別的事，他都搖搖頭不說什麼。年歲與孤寂將這位六十多歲的道士變成了一種奇異的性格，他不願意談的事情總不開口。

是沉寂中的伴侶，教師自然不肯與道士斷了往來，但新的興趣與好奇心的滿足卻沒法由老道士的口中找得到。

那一對男女並不像一般外國人，提了司的克，背起水壺，爬山越嶺，或是狂喝著大瓶的汽水、啤酒，快樂，說笑。他們沒事時在紅瓦頂的二層閣子上，男的常常一個上午不住口的讀書，女的則忙於洗刷各種用具，或者打絨繩衣服。白天各人分著幹各人的事，不多說話。有時幾個另一樣的外國人來了，男女主人便顯出十分勤勞的精神，收拾著一切，像是廚子、聽差、女僕、保姆，什麼事都幹。正在避暑的季候裡，逛山的人以及住三五天的，生意很不壞。果然，那破壞的閣子不曾白白花錢修理了，這時抓住發財機會的外國人運氣碰得好，一連二十多天沒有連陰的天氣。但因此，杜谷的教師卻更少與他們接近或設法說話的時機。老道士每見尖閣子上有袒胸露出紅臂膀的女人，與唱著像驢叫的聲音的男子，便常常躲到廟後山下坡的小柳林中躺著，看小蚱蜢在青草上跳躍，不黑天不回廟裡來。所以教師從杜谷爬上來找不到人，又不願意到柳樹底下陪那個古怪的道士，無聊地在廟外的泉流旁邊走幾個來回，碰著那些很大方、很快活、很悠閒的外國旅客逛過來，他便閃到石磴下面的大圓石後，畏縮而又貪婪地瞧著那些人拍著肩膀，抬動健勁的赤腿。

那些一團高興對一切似是海闊天空般的旅客們，誰會注意到這個穿了帶著補釘的舊布小衫、長頭髮、瘦削蒼白的髒男人。山中的窮人，幹苦活的，或是廟裡的雇工，至多人家當小偷似的看他幾眼。那些扭著腰肢走路的年輕女外國人，尖聲對那些男的說著話，看他忙忙地閃到大青石後，便來一陣俏麗的笑語。我們的教師即時躡著腳從石坡上竄下來，用指頂著破帽，抹著額角上的汗珠子，一個勁下了峽谷。快到荊針編成的校牆外邊，他不進去，兩個高出的黃牙緊緊咬著下唇。面色由蒼白卻變成赤紅，彷彿做了什麼不好的事情。停一會，看看沒遇到人，才遲緩地鑽到自己的茅屋裡去。

不是一次的經驗了，他卻像自己的學生來上課一樣，差不多每天午後要跑到廟門外去溜一回，避到大圓石後頭，紅著臉跑回來，他並不改。自己說不上是為的什麼。杜谷的居民都說先生有狗矢棋的迷氣，天天去找道士下一盤，卻沒人曾碰到他藏著瞧人的行動。

獨有老道士知道一點，像是與自己好看蚱蜢、不愛見外國人的脾氣一樣，並不稀奇，不曾向教師提到這回事。兩個人各依著各人的脾氣作去，誰也不譏笑誰。六十多歲的孤身道士，與不到三十歲的山中教師，在這水雲觀前後的柳蔭下面與大圓石後，各找到一個藏身處。

日子久了，那對旅館的男女主人彷彿有所覺察。雖然在初時不明白穿破白布小衫的年輕人是幹什麼的，但拂著長鬍子的道士是他們的主人，他們覺得這樣下去，雖是出錢租妥的屋子，也有些替這屋子的老主人不安。為什麼老是見了外國的旅客便躲到廟後面去？久住在荒涼的山中怕見生人，尤其怕見衣裝不同、說話聽不懂的生人，不無道理。然而沒有多人在閣上下說笑的時候，老道士也一樣捋著乾白的鬍子向西方看落日，或者在太陽剛升到山尖上時啞著嗓音唸經，對開旅館的男女卻不願意答理。因此，這一對新來的外國流浪人對老道士滿懷著奇異。而每天過午從峽谷下跑上來的年輕人，又常是躲躲閃閃像願意靠前，又時時紅了臉躲到一邊。

山中不是終天忙著，有時客人出去，清閒些，這一對古怪的中國人便成了那對外國人談話的資料。

恰好是一個雨後的過午，晚秋了，樹葉子有早凋的，便片片地在岩石上、乾草堆裡下落。斜對著閣子的東南面，有一帶柿子林，錯落在山腰中間，累垂著圓圓的半黃的果實。與西方黑雲中淡金色的斜陽相互映照，是山中這個時季的美麗景色。所有到這邊遊玩的人都回去了，可是旅館中的主人還是靜靜地等待著，白白消耗他們的時間與飯食。也許是沒有別的事可做？往後，霜落下來，山路漸漸凍硬了，不用到雪封了山的冬令，外邊的人誰還到這邊來找苦吃。然而他們卻沒有出山的預備。

女的經過一個夏季的山中生活，終天在廟門外來回，臉色黑了些。原是微黃的皮膚，卻更見健康。棕色的長髮也不捲曲，每根美麗的髮都整潔地盤在前額上，結成幾股辮子攏向腦後。微斜的、淡黑色的眼睛表示出她的沉靜和善。她常是笑著與男人說話，做事十分勤奮。客人多，不曾躲懶，也不嫌煩。當斜陽在山頭上散著金彩時，她正在廟門外大銀杏樹下捋羊奶，男的在閣子上支開的木窗下寫字。

靜悄悄地只有落葉的微響。西面的崖石下一個人倏地跳上來，他從幾日前把黃汗的白小衫脫去了，現在卻穿了一身稍見清潔的青布制服。

走到樹下面，他呆呆地望著女人的動作出神。白圍裙，綠絨緊上衣，滾圓的兩條紅色的手臂，溫和地把羊乳擠到磁瓶裡。男的在閣子上正好望見這常來的客人，把自來水筆丟在案上，摸摸光滑的下巴向客人點頭。

「好！……看羊……羊奶。」簡單的中國話，似是對來者歡迎詞。

這位從夏天常常到閣子左右打發他的課餘時間的教師，從來沒有與旅館主人說過多話，彼此打不通多少意思。他不知和人家說什麼話才對勁。只知道男的叫塞里可夫，省事，他只說後面的兩個音。男主人每聽他這樣叫，像是十分高興。有時近前去拉拉他的手，年輕的教師臉便飛紅，彷彿一個羞澀的處女被男子調戲似的表情。每一次這樣，塞裡可夫便大笑起來。

「可——夫」，照例地，教師輕聲輕氣的，女子卻回過身子把兩手向樹根上灑著，也學著她的男人的口氣。

「啊，夥——計，學生，和你的學生來看羊？」

他每回聽到這年輕、活動、勤勞的外國女人向自己叫著遲緩的「夥——計」的音調，覺得比那些愚蠢的孩子天天喊著「老師，老師」的聲音好聽得多。柔和的口音，引動他的歡喜笑容，枯黃的面頰上頓時浮泛出亮光。

旅館的男主人輕捷地跑到廟門外來，向教師說些意思不很連貫的中國話。他們有兩個多月的認識，雖然言語上都有隔閡，在寂寞中卻有了精神上的聯合。忙煩時候，教師只好往樹林子裡找老道士下棋，旅館主人有時空閒著，看見這瘦弱的教師走來，總愛與他玩笑幾句。

這裡，連廟裡原有的燒火的聾火夫，一共四個人。道士有他的孤僻脾氣，常是瞪瞪發灰的眼珠，不輕易從臉上露出一點點的笑樣。火夫終天是砍柴、燒火、推麥子、睡覺。剩下一對青年的外國人只能彼此打著鄉談消除他們的鬱悶。客人少了，山中快到完全荒涼的時季，孤獨的恐怖與感動，使活潑的青年人覺得不自在。不過，他們沒了買賣為什麼還在這臨時旅館裡歇著？道士不理會，教師雖然奇怪，卻又不能問人家。

他用力點著頭，用手指比著種種樣子，塞裡可夫便用他知道的中國單句說著一些事。他兩手畫著圓圈，向東南指指柿子林，張開巨大的口作咬咽的形相，教師忍不住笑，女子卻只是拍拍擠羊乳的手掌。過一會，教師才從塞裡可夫的比擬裡略略明白了他是什麼意思。

拾起大黑石旁邊堆落的黃葉子，做出從那些高樹上下墜的比象，又說：「冷，避伏的沒有，……」然而他苦於中國話學的太少，時光太快的感想說不出，只好吹著口哨急忙地在石頭道上用身子打旋轉，又恐怕這黃臉的朋友還不懂，便連續著說英國話。

教師等他的種種的作勢過後，才知道這外國人是在說時光真快，秋天不久也要過去。蹙著眉毛，搖搖頭，顯見是他心中有深沉的感觸。女的擠完羊乳，倚著大樹，兩隻光膊作成三角形交疊在髮髻後面，溶溶地，眼中似乎含著淚暈。聽了男人的話，她向遠遠的西方呆望著黑山上烘出來的彩雲，與輕輕蕩動的太陽，浮著一層薄光的樹頂。她像要向那遙遠的不可知的地處祈求著什麼。一會，她直立著，嚴肅地在凸出的前胸用手指畫著十字，微微的嘆氣聲從她的口中送出。

自從認識這一對外國人以來，教師沒有看見過他們像這一天的沉鬱。秋來了，什麼都現出清冷與凋零的形相，秋帶來一份憂傷的送禮壓到他們的心上。年輕，買賣不錯，又是很配合的一男一女，教師從心裡羨慕著他們的生活與興趣。他想：這是自由、快活、舒適，應分是時時感到滿足；比起自己來，就連杜谷中所有的人家比起來，要高出多少？簡直不能比擬。可是他們對一個中國人都這麼表示，為的什麼？

可惜自己的學歷太差了，雖然曾在鄉村師範中讀過兩三冊英文，現在聽來可一句也聽不懂，只從發音上曉得塞裡可夫不是說他本國話了，自己只好搖搖頭。

塞裡可夫用有勁的大手抓住教師的肩膀，一個字一個字地說，用簡易的單字，向教師喊。教師用手拍著前額，想想，比剛才明白得多了，點點頭。塞裡可夫從絨襯衣的袋子裡取出小本子，用鉛筆把這幾個字端端正正地寫出，加上大聲的句讀，果然這個法子使教師高興起來。虧得還知道這幾個字的拼音，多少明白一些。

自然那對夫婦有好些話對他解釋，教師只可胡亂點頭，哪能完全明白他們的意思。末後，教師忽然覺悟到他們是犯了懷鄉病。迢遙的家鄉與熟識的親故，隔遠了，浮泛著流浪到異國的山中開旅館，自然也有他們的難過。於是他問了，用中國話，與記不清的英文拼音，問他們是不是想著家鄉或者要到別處去。

男的搖搖頭，嘆口氣。難道他們犯了什麼罪？看他們的和善態度怎麼也猜不到是罪犯。

天快黑了，破廟的周圍漸漸有了升攏的晚煙，蒼茫的大氣把柿子與斜陽的色彩自遠而近地遮蔽起來。一個個的山峰都如眼光昏瞇的老人在沉默中蹲伏著。這三個言語不通的年輕人誰也沒想到疲倦，他們望著歸巢烏鴉，望著瀰漫山谷的蒼煙，望著廟裡大殿上的舊瓦，似乎在這些物象上有種牽引的魔力，使他們都一時離不開。老道士已經吃過晚飯，拄著彎曲的木杖從廟裡踱出來。

看看這三個年輕人像是發呆的樣子，不說什麼，只用拄杖敲著碎石頭作響。……

「話說不通，真急人。……」教師搓搓兩隻起酸的手掌說。

道士仍然用顫顫的手指捋著鬍子，從鼻孔裡發出冷笑聲音，似對什麼事都看不進眼。他彷彿山澗中的尖角石塊，誰觸著他就被他的鋒棱刺一下。

「不通，……不通，咳！……什麼東西！……」

不知是對誰發脾氣。兩個沉鬱的外國人向這古怪的「修道士」凝望著，更不明了。

不久，在暗影中摸著路，杜谷的教師懷著一顆沉重的心走下不平的峽谷。簡直看不清石子道的高低，幸是熟道，在昏暗中摸著走還不至於跌倒，或者走了差路。然而這常走的熟道難望得見有什麼明光。山村中連點燈的也不多，有的在石牆臺上少填一塊石頭放上盞豆油燈，微弱的顫光，窗子外都照不到，何況那又小又黑的鳥巢般窗子，怎麼會放出引人走路的光明。教師的心思恰好與小窗子後面陳舊的昏燈一樣。在身旁邊也聽見活活的水聲，颼颼的風響。仰頭從高高的空間接得到三個五個淡淡星光，仍然不能夠給他作黃昏後爬山路的指引。

沉重的苦思使他忘記了路的遠近，剛才那一對夫婦給他的表情映到心上愈加疑惑。「若是他們的生活還不感到快樂，自己呢，應當一頭在山石上碰死，不就喝一口毒藥。爹，六十開外，還得給人家種地，冬天有時連一雙棉鞋沒的穿。哥哥，當兵去了十多年，不知流落何處。妻，在外縣裡給有錢有勢的人家傭工，一年不容易回家一次，與自己幾乎失去了見面的機會。上年春天看她回來的樣子，明明是心拴在外邊。穿的，戴的，自己比起來也知道慚愧。本來一個月十幾元的薪水，不能養活一個女人。……再想到個人的未來，……前幾年冬天沒有棉褲，穿著單薄制服在學校裡睡冷木板，熬過了四個年頭，費過不少的心思、口舌，在各鄉間找到這樣的位置。同學們各人往他們的前路奔跑，有時遇見僅僅比自己高一級的小學校長等等人物，還高傲地對自己有點憐憫。至於到處受人白眼更不用提。……」女人、家、生活、物質的精神的壓迫！……又想到眼前的那對人物苦於不知足，也許是人性的本來？

胡亂地尋思著，足趾觸到了大樹的浮根，覺悟過來，精細地看看周圍，離開杜谷小學的門口已經多遠。暗中有片黑光在下面晃動，原來他已立在那個水潭的上崖了。

究竟找著原路又奔回去，頭上大白楊葉子刷刷地響著，像是妖怪的翅子。他向來不知道害怕，可是這晚上心裡亂得如一團亂絲，神經上易受震動。秋宵的寒氣逼得他發抖。

星星的光漸漸散開，空中似乎新撒下一個珠網，他的靈魂也想要投到這晶明的珠網裡，脫卻濁垢的汙塵，然而那隔得很遠，很遠，在天上！他轉不出山中的崎嶇道路，更何從找到往高空去的捷徑？第二天絕早，山頂上的夜氣還沒散盡，東方有點淡淡的紅光時候，教師已經從屋子裡跑出來。用門外的清流擦著眼睛，聽了先來的學生報告，使他直跳起來。

原來天還沒明，水雲觀裡出了事。十幾個警察，還有穿便衣的，把那個新旅館封了，要把一對外國人帶走，說是去打官司。對那龍鍾的老道士也像拷賊似的過了一堂。十多歲的級長瞪著眼睛，促促地喘著氣向老師說：他親眼見的，因為他每天從廟門外過路的時候，兩扇朱紅的山門都還關著，這一清早卻擠滿了警察與看熱鬧的男女。

不必再詳細追問，教師揉著乾澀眼角跳上峽谷的石階，一口氣跑到水雲觀前面。兩個年輕的外國人被幾個帶盒子槍的警察在那棵大銀杏樹下看守著。塞裡可夫的臉色很沉靜、坦然，彷彿他知道會有這樣發覺的一天。盡力地吸著紙菸，見教師跑來，微笑著向他打招呼。女的卻不住地打寒顫，淒惶的神色罩在她那輕紅腮頰上。奇怪的是塞裡可夫，雖然在這時失去了自由，他卻沒有昨晚上的憂鬱、淒涼了。堅定與勇敢表現出他的正直的心意，他彷彿是一無所慮，有時用力拍拍女人的膀子代替了許多話。

本來沒曾費力的官裡人跑了半夜黑道，很從容地將他捉到。一個像頭目的高個子，便向廟裡的火夫與圍看的山中居民打官話，也稍稍吐露出塞裡可夫犯案的大略。

原來他們到中國南方最大的城裡不過兩年多。塞裡可夫從前是音樂師，專在戲院、電影場裡彈鋼琴，他有一個不到二十歲的妹子，跟著他流浪到各處去。自從有聲電影流行以來，他失去了演電影時奏樂的機會，便受僱在跳舞場裡獻技。無奈他的花費一天比一天大，一家三口不容易支持，聽了朋友的慫恿，便把妹妹送進舞場。年輕女子的漂亮與技術的進步，不久便成為這大舞場中一朵嬌豔的玫瑰。幾個月後，她卻被中國的一個小開騙上了，塞裡可夫卻不能加以管束，何況她已經懷了孕，事實上也沒有方法使他們離開。……她懷孕半年，那個狡猾的少年已決定丟開她，用了種種方法跑到遠處去。證據沒有，又找不到他的去處，末後，舞女仍然回到哥哥家中養了孩子，卻不到十多天死去。從此以後，這心思狹窄的姑娘便起了自殺的念頭。一個夏夜裡吃了什麼藥片，就死在塞裡可夫的寓所。因此，塞裡可夫吃了官司，受了幾天拘禁。……恰好今年春天——距他妹妹死去後的兩個月——的一個晚間，他在另一個小舞場的奏樂臺下遇見了害死妹妹的凶手。什麼事都像不曾知道，仍然抱住妖豔女人打磨旋。……他出去走了一趟，不知從哪裡弄來的手槍。……散場時候在門外汽車旁邊，那個流氓便死在他的槍下。當時人多，找不出誰做的事，第二天他夫婦便離開那個大城。直到事過後，才被偵探出是他為妹妹報仇。找人，……這天才找到。他改了名字，現在並不是真名，警察和移提的人一同來，……沒有錯。……

那精幹的頭目對道士、火夫與別人都問過話，才和穿制服與便衣的一群把旅館中的東西帶著，押了犯人，走下廟外的山坡。

塞裡可夫冷冷地不說話，只是望望那蓋上紅瓦不久的尖閣子與木板子上的招牌。往下去時，還向站在一旁的教師說聲「再會，……好了！……」

捋著白鬍子的道士看這種事並不驚訝，他將櫸木拐杖用力拄了一下。

「外國人，有好東西？……」向教師冷笑著，意思是證明他向來看不起外國人的先見。

一群破衣的山民真莫名其妙，連那警察告訴出來的話還是多半不懂。什麼「舞場」、「小開」、以及羅唣的生名字。……他們只知道外國人叫當兵的拿去完了，他們更不追問為的什麼。

嫩嫩的朝陽升上東面的山頭，銀杏樹葉輕輕揮動那些淡黃的小扇子，尖閣上冷清清地等待它的顧客。教師大張著紅眼睛送走了那一對外國人的身影。老道士的得意神色他並沒留心看，一塊石頭壓在心中！塞裡可夫犯罪的是非，幸與不幸，他還來不及下判斷，但覺得這荒涼的峽谷又回覆了以前的枯寂。失去了才待要發展的生機，彷彿田地中當一陣小雨後重複被悶熱的太陽燒乾了，以後怕看不到一點新綠的彩色。

從這天起，上峽谷的熟路中再看不見這年輕教師的急促腳步。大銀杏樹飄飄地把扇形葉子鋪滿了廟門外的山坡。

冬天漸漸到了，老道士恢復了「閉關」生活，廟門終天閉著。

水雲觀的兩個外國人出事以後十多天，杜谷的小學教師忽然從小學的本校收到一封故鄉中寄來的信，那是他的父親求別人寫的，差字很多，而淡淡字跡上可告訴的十分明白。老人說兒媳從外縣跑回家來，還有送她來的人，硬要回當年的婚書。不提離婚，也沒有別的道理，就是再不跟教師那樣的窮鬼。有人出錢，百多元的現洋作為退親禮物，不答應，橫豎她也是一去不回；如果強留她在家裡，她預備好剪子、繩子，當場要與老人拚命。離城很遠的小鄉莊哪裡見過這樣陣勢，況且樣子是早與娘家說通了，自然只是幫著女的說話。送的人像是便衣軍人，也像土匪。鄰居誰肯為這事與那些不知來歷的人動嘴。結果是把銀元留下，婚書搶走。聽說，她在外縣雇工的人家，原是退伍軍官，在當地很有勢派。女人的心變了，更不必多費事。……信中的大意是這樣，找人寫的自然看不出那孤獨老人的心境，是對著買身的銀元苦笑？還是捧著禮物發昏？可是事實一點不錯。末後還有幾句勸解兒子、與望他體諒老人的話。

這幾天教師已經像是個失群的孤雁，每日勉強打起精神與一群孩子瞎纏。為了塞裡可夫那種勇敢的氣概使自己感到生活的卑怯，對著山澗中的流水，挺直的松樹，鬱悶的煤油燈，抱著頭尋思一切。這封信恰好是祕結後的瀉劑，雖是過於峻利了，卻把他的腸腑來一次廓清。

躺在木板床上半天沒有動作，連外間屋裡孩子們的讀書聲也沒聽見。淡紅籤子信封斜放在他的胸口上，像一把帶血利刃剛好從心中拔出。

一種決定，一種企圖，一種向來沒有的力量，直到過午，把他從床上擲到門外。激感、愧悔與掙扎的心情逼迫著他！記起塞裡可夫的復仇方法，然而他不想那麼傻幹，他要去找新的生活。

立刻往本校見校長，要把他在這窮山中的生活作個結束。

不到黑天事情便辦妥了。他往回路上走，經過那片白光飛瀑的一邊，他頭一次賞識到它的飛動、灑落、活潑的姿態。一股力量從山劈口瀉下來，經過幾層曲折、跌蕩，從岩石前面，它卻把清潔、有力的飛流在空潭上激起湧動的水花。他直到此時，才看出這白光的明麗與它的活態。從這一天起，荒涼的杜谷越發荒涼了。只有那快要變成殉道者的道士與聾子火夫，死守著輕易連煙火不見的偶像。那些不能不靠山嶺吃飯的男女與到處跑的小孩子，他們是這峽谷中最活動的生物，然而近幾年來他們純靜的心思，也被外來人的行蹤漸漸引動了。

為了兩個外國人與分校的教師忽然地被人押去，忽然地走失，這兩件事使他們記起了古老的傳說：鎮山銀龍——那條疊峰中間的小瀑布——的尾巴如果有掃著潭外石子那一天——也就是它翻身的時候，山裡要大有變動。誰也猜不出變動的是什麼事與怎樣的情形。這一年的夏季雨太多了，白光下的水面也漸漸高漲，與黑石潭口幾乎要平起來。潭口外平鋪的雜色石子像很歡迎地等待那條銀龍的掃尾。可巧接連出了這兩件事，於是那些安分畏怯的居民分外驚疑，他們相信會有那古舊傳說證實的一日！

然而水雲觀的道士早從杜谷安設小學分校時，使拉著拐杖說：「快了，快了，鎮山的銀龍不久就要大翻身！……」

他們在顫慄中等待著。

九三三年十二月三日

站長

約摸還有十分鐘，北來的短途車快到了，但是這留了短髫子的站長連自己也說不出為什麼一直焦躁起來。無意識地伸手將土牆上的日曆撕去一張，露出來的是鮮明的紅字；方方正正的洋碼字31，疏散地並排在上面，那薄紙的下一段卻是三個瘦削的宋體字「星期日」。星期日，他注視著這三個刺目的字像在心頭的火焰上滴下油滴。一天沒挨過去，便撕去當天的日分，足見他失去了自制力。為對付自己的憤怒應該接連再撕幾頁，但眼光稍稍移動到日曆旁黏貼的行車時間與價目表上，彷彿觸到了什麼符咒，那隻右手握成一個紅腫的拳頭，重重地在刷過黃色的粗木案上捶了幾下。

「師爺，要——開水麼？」短腿李是方上工不久的站夫，吃飽了午飯正在草房子外面與賣冰糖葫蘆的老頭擲三色，聽見站長在窗子下捶木案便轉身跑進來，從外間的焦炭爐子上順手提過那把鐵壺。

他看看那笨小子恭恭敬敬的面孔，深深地悶住一口氣，接著用拳頭再在案子上碰了一下，「開水！——要泡上一壺茶，一壺好茶，葉子多一把。」

似乎有人給他墊著腳從憤怒的高梯向下挪了幾步，他用力地坐在那把本地造的圈木椅子上。

短腿李只是腿比一般人短幾寸，其實他自五、六歲時在這個街市上混，看看異鄉人的眉眼高低，他靈透得很。聽到站長要泡茶的吩咐，與目光觸到那撮小鬍上面的氣色，他明白了。

「好茶？」他囁嚅著說，「站長，這屋裡不是只有珠蘭貢尖那一瓶子，前天區長派人送來的。……還……」

「好茶便是——好茶！一瓶子，不成？你想我這裡……是喝茶還是開茶莊？……」站長強壓下去的怒氣被他一逗又往上衝，猛一起，棉鞋的後裾恰好把木圈椅踢過一邊，挺直地再站起來，臉上紅紅的。

「我這裡還開得起茶莊？」

短腿李再不敢做聲，輕輕地從煤油木箱改做的支板上把那小瓶子拿在手裡，倒出了一把，丟到有油光的扁圓宜興壺裡去。刷刷急響的倒水聲，那股燙開的熱流如一條小瀑布，沖到茶壺中去。輕手輕腳，從高低不平的土地上端起來，送到木案子上。站長鼓著腮幫正眼也不看。他朝著對面牆上掛的月分牌的美人伸伸舌尖，立時又提起鐵壺溜出去。

沒有第二個人在屋子裡了，站長便似被人打過耳光的戰敗者，第二次重重地把全身靠住了硬木圈。趕急倒上一杯釅茶，真釅，紅得像五加皮的好酒。嘗到口裡自然是十分苦澀，不過這一差，笨小子沒辦錯，要的是再苦再澀的味道，如果屋子中有烈性的白酒，他也許與苦茶同飲。因為這半小時中他覺得周身不是味，腦子裡像被醋浸著，不痛，不癢，就是重得戴不住。昏，眼前時而像有些金星迸躍。小玻璃窗外看不見天空與地面有何分別，陰沉沉如被染成灰色的棉絮填滿了，還不如落雪好。那麼冷，風絲不動，連鄉間的狗都學懶了，多少小巷子中現在連狗叫也沒有。不是？夜間有呼呼狂吹的大北風；有不停歇的狗群爭吠；更有生氣的是盒子槍與土寨上的扣火炮的鳥槍連響。這大白天，老黃曆上十二月的中旬，怎麼平和、沉靜，像是與自己居心找彆扭；像是偏偏與流落的孤身人開玩笑。過舊年，怎麼不對？世間的事都對？有什麼不好？人家磨麥子，糴黏黍，蒸白饃，做棗糕，甚至有債的預備著索要，有家得祭墳、上供，誰家不比自己在小茅屋子中窮受好得多？一天五次的查票，發路籤，還有不定時的烏龜般的貨車，沒事盡著等，連半天的時候離不開。偏偏事情多，查路員、省城各廳各局子的委員從這邊走，倒楣頭，偶然不見，說不定有什麼事，申斥幾句，白挨！還有，本地上的鄉官，這樣長，那樣長，也得有點對付，得罪了便生麻煩，惹氣，飯碗也許把不穩。

「不是人幹的，不是人幹的！」每每勾起他的氣來，舌根下只能有這十個字，除此之外他能想什麼呢？想起能夠身心輕鬆而又快活、見錢容易的那些事，他只好嚴正地搖搖頭，把舌頭夾在上下牙中間，不能往下想！……

每每到不能往下想的時候，一定的，他的思路便轉到一千多里外的家鄉中去。跟了叔叔在鄉間單級式小學中的孩子，越到冬天他的舊病越容易犯，鼻中沒有住閒的黃鼻涕，自三歲以後沒曾治好過，小小的人，天冷起來便乾著喉嚨咳嗽。有人說過，這是童子癆，頂好的法子要天天早上吃雞汁。靠在他叔叔家中，粗麵餅與高粱飯吃飽了已經是情分，沒有娘的苦孩子！……想想，自己快五十歲了，只這一條線。娘，他的女人，站長的溫情的聯念，到「女人」這兩個字上也像想到那些有錢有勢的人們一樣，他是不敢往回想的。

因為孩子的娘還不過三十歲，當站長投身軍營的長時期中失了蹤。

站長，自那個時期以後未曾結婚，永遠是不過每月三十元薪水的差事，同事們還稱讚他的謹慎、溫和。快二十年了，雖然仍然是一個身子，一張口，但沒曾有三個月以上的賦閒，已經過了多半輩歲數的他，所得到的有什麼呢？各小地方的經驗與長久是行旅般的生活。

一杯釅茶吃過兩口之後，他似乎再也嘗不出那苦澀的味道了。一杯又一杯，如喝著溫開水，不是害渴，自然也說不上是品評。

從玻璃窗外陰沉沉的景象把眼光遲鈍地收回來，挪到那方綠玻璃小臺鐘上，啊？還有三分的時間。低頭對一對左手腕上的老手錶，手錶卻正好到了這趟北來車的鐘點。沒聽見響聲，他再呷下一口苦茶，恨恨地、嫌惡地用力看看手錶的時針，想：

「人，老人，機械的小玩意也被時間磨壞了你的機伶，還不是跟我自己的身體與精神一個樣！……」

窗子外頭似乎有一陣人語，他本能地綽過案上的制帽丟到頭上，跑出去。

恰好那輛淡黃色陳舊的重汽車剛剛停在站外的溝中，司機跳下來與站長正撞個對面。

「車上有委員。……」圍了粗毛圍巾、臉色凍得發白的司機很快地交代了這五個字，便匆匆往站長屋子中烤手去。

站長明白這五個字的意義，照例，北來的短途到這站要查一次票，司機是關照他查票時留點神。他對於這種例事倒是熟手，只須看清楚是哪一位，要一張名片，或者看看護照，恭敬點，事情便算完了。若是板了面孔硬要車票，與對待一般旅客毫無分別，十有九回，少說得瞧點臉色。

按規矩，先收票，下車的不過三位，其中一個是鄉間的新娘子，不曉得回婆家還是往娘家去，頭上的兩朵綢花與一身紅襖褲在那群青藍衣服的中間是一個新的象徵。不過站長心上正亂得很，他只覺得在灰黯的空間有些人從眼前一晃，一隻有皺皮的女人手指上似乎閃著白光。……另一個是斑白頭髮的老婦人，更沒留心她是什麼面貌、衣服。站在車廂的後面綽過兩次票子，方要離開，而木凳上挪下一隻木拐，只一跳，一個灰色布包隨著一個高大的身軀很靈便地飛下車來。

「站長……我又回來了，票，票！」

一隻眼，大，有威光，黑市布長袍，連同內裡的小衣只一掩，在腰部用青扎腰捆住。左腿雖然彎了小半截，而左脅下的木拐用起來卻敏捷有力，行動並不比雙腿俱好的人來得慢。都在左一邊，左眼與左腿都有傷痕。

「噢！剛回來？去了一天吧？」站長吃了一驚，回覆了這麼一句，同時那隻粗手中的車票也送了過來。

「兩天半，站長，再見，別扯淡，待會有工夫我說給你聽。」這殘廢的青年健者口頭是爽快、茁壯，似乎他當朋友樣的看站長，這不由得使全車的乘客有點驚奇。

收票後接著查票，照例是看看，用紅色鉛筆劃一道線，省力。隨意，不比火車上的查票員得用鋼剪。

站長的精神今天特別壞，而且處處表現著不安，有四、五張票紙他用鉛筆過猛都劃破了。及至按票子查點人數時，一次並沒查清，這麼一來，司機人早已候在旁邊了，而車還沒有按時開出。

青年的催征委員，黃黃的瘦臉上罩了一層霜氣，不在意地把一張有官銜的名片丟到車窗外去，沒好好地遞在拿著紅鉛筆的手中。站長這一回也沒有平時的耐性，名片拾起來，並沒看看他的姓名，回過頭來把路籤丟到司機的座位上，一手把那張名片用力塞到褲袋中去。司機楞了一下，然而即刻明白了這場啞劇的內容，不經意地笑了笑，跳上車去，按住喇叭，汽車哀叫了兩聲便往後退。

站長的制帽上的紅線箍被抹了一道煤灰，微微向上翹起的帽沿，在乾槐樹枝下一動不動地送這次汽車轉彎往向南去的大道上去。

短腿李給上下車的客人們弄行李，忙得額上有汗，沒來及去看站長在這一霎中扮演的角色有什麼樣表情。汽車走後，他又回到牆邊賣冰糖葫蘆的老頭子那邊，想繼續他的小賭博。

為了什麼，站長給已經連影子也看不見的汽車挺直地立在那裡行敬禮？連賣冰糖葫蘆的老頭也覺察出來了，他用顫顫的手指指著站長後背，與短腿李打姿勢，點頭，談著無聲的言語。約摸過了幾分鐘，一臉淒涼的站長才回過身來，向站房的街道上看。不遠，一共有十丈多長的街道，在東頭只有兩個人影，很清楚，拄拐杖的殘廢人正在倚了茅草牆頭，與一個彎腰的女人說什麼，似是剛才下車的那位老婦人，不過被高個的身軀擋住看不清面貌。

「費剛有什麼事跑到外頭去呆了兩天，走時那麼忙，回來又與這個女人盡著說話，也許他有什麼鬼搗頭？……」但是這一個念頭馬上便消逝了。方才那車上的青年委員的高傲臉色，這多時還在他面前映晃。摸摸自己的鬍子，「五十歲」的無端悲憤在心頭上打了一個哆嗦，把頭十分鐘的怒氣一變而為落寞的哀感。他聯想到古老書本上的「君子治人，小人治於人」的那一套話，感到人生盡頭無可奈何的境遇。不過當他走回屋子中去的時候，他明明看見短腿李與那個花鬍鬚老頭兩個人滿臉快活的樣子，自己越發覺得是比一切人都無味，都卑賤了。

不久，地上飛落著米粒似的雪爽子，短腿李與那個老頭都不見了，一條街上竟沒有一個人影。

黃昏後，地上的積雪已經鋪的很厚，雪爽子早變成輕柔的銀花，落得很有勁。冷度反比下午差得多。街市上的店鋪、住家，比平常日子關門更提早些。在這一冬天乾燥天氣裡，頭一場大雪，給那些依天為生的鄉間人不少安慰，就像在未來有什麼好兆，每個大人的心中輕輕地落下了一塊石塊。他們在這夜裡睡得分外沉酣。而幹著夜間生活的賭場，花煙間的樂游者，與晚上泡好茶、吸鴉片的人們，因為有雪更有興致，而且他們心裡也平貼得如雪花的落地一樣。

站長

汽車路的站房原是租用人家的臨街屋，不過三小間，糊紙的窗子，木板外門，門前一棵多年的青桐樹。由屋子的西面經過這鎮市的西柵門，有一條低凹溝道，走出幾十步，便是田地、短松樹林子，與幾十家鎮外的農戶。為了便利，設立汽車站時便擇定了這市鎮的偏隅，離開密集的人家與熱鬧街道還遠，每到晚上更顯得清寂。

密雪的黃昏後，在這條冷僻的街道上，從東頭一顛一聳跳過來一個人影，上下全白的空間，雖是月亮沒露面，反而映得清楚。那身影挪到汽車站的門口，靠著土牆，沒一直地向裡走。忽然窗子裡面有幾下用手指敲在木器上的響聲，接著低聲唸文章似的，在唱詩也許哼小調？那是站長的口音。黑影用手打著窗上的木格子叫道：

「是我，——老費。開門，開門，有句話向您站長報告。」

彷彿出其不意的遲疑，窗子中的哼聲沒了，少停一會，開了門。木拐拄在土地上蹬蹬地響了兩次，在站長與短腿李的注視之下，老費已經坐在外間的火爐旁邊木凳上。

短腿李已在床鋪上躺下了，重行披衣起來，哈著腰把床前的爐火撥動，一雙小眼睛迷糊得睜不大開。站長的神情比起白天來靜穆得多，也許是脫去青制服換上那件舊皮袍，在煤油燈前讀過幾句書的原故。他對於這突來的客人心中雖覺得有點驚奇，面子上卻竭力裝做鎮靜，像是一個隱士在紙窗茅檐下，招待老鄰居的態度。他親自倒了一杯茶讓給這不幸的殘廢者。

「想你明天來，大雪天難為你腿腳不靈，從南頭特特走來。……什麼事，還要『報告』，你，費剛，真是好軍人，模範軍人，懂吧？十多年前咱在軍營裡混，有禮有貌的弟兄們誰不像你。說話總還是軍人的口氣，對，咱們頂天立地，受的什麼訓練，好說，能夠忘掉了？」

「站長，——你是老前輩，比起我真是大魚和小蝦，年紀便不行。數上去，民國二十年，十九、十八，對了，……我是十七年，他媽的，在信陽州投的軍。才幾個年頭，連營裡的切字語還沒好好地學上口。」

費剛覺得這裡比起他住的冷房間熱得多，解開扎腰，赤銅色的胸前浮出了淡淡的一層熱氣。木拐杖敲著地上的焦炭屑，有點使人聽了不好過的細響。他的右眼，從紅絲的包絡中射出正直的熱情，對於老前輩的站長十分信託。他在這鎮市中，沒有第二個使自己心悅誠服，像這一位退伍的老軍人。因為他自從從火線上退回故鄉，太孤寂了，找不到能以使他感到痛快的朋友。他的拚命的志願，他的勇敢，除掉偶而幾個鄰居老人搖頭吁氣問過他一、兩回後，心中躍動的悲哀連對人申訴的機會也找不到。

偏偏碰到以前是同行的站長，他倆一見面就合拍，所以這小房子中常常有這殘廢兵士的足跡。

「別笑，」他蹙蹙眉頭道，「咱到鄉下來還改不了兄弟行裡的話頭，到處惹人笑話。識字的先生都議論咱長官迷，口頭上打官腔。這彆扭氣您說壓得下？瞎了眼，斷了一條腿，還官迷？咱就是大學畢業，為這份身相官輪到咱做？想做官難道命都不要了，想官！……」

「說不的，不管人家說什麼，你總是無名的英雄！」站長嚴重地對他回答。

「哈，……咱可懂得什麼『英雄』值幾個子！鄉下人，咱是毛頭小子，吃糧當兵，原為沒活幹，下莊稼不能種地，不會手藝幹不成匠人，才學了『薛禮投軍』這一套。打仗自然是咱的本分，光打自己人也記不清有多少次，難道就怕××不成？媽的，同是一家人，一塊土，為嘛眼巴巴地被他們打的俯伏在地？當兵的弟兄們都是直腸驢，壓不住這口氣，誰還想著做什麼『英雄，鳥雄』！站長，你老在營裡混過那些年，還不懂當弟兄們的脾氣？說好的還行，硬碰硬，誰是稀泥？誰能在人家的腳底下做墊子？提起打仗，前線上哪個手裡不上勁，哪個不是牙癢癢地？上邊有炸彈，下面是嘟嘟嘟一分鐘多少子彈的機關槍，中國兵的命不值錢，我眼見著從山頭上往下滾，斷手臂缺腿的，在尖石頭堆上打團轉，可是喊一聲向上衝，也真有那股邪氣勁。……」

短腿李靠門口站住，聽得出神，忘記了還有上司在火爐的對面坐著，突然伸開右臂，高聲截住費剛的話道：

「不是？你在那個什麼關上被砲彈傷了兩處，你的眼，還有小腿。」他接著把粗黑的手拍著自己的膝蓋。

「那倒好！一次，不算受罪，爆開一串火熱的碎鉛子，差半寸沒穿過太陽穴，眼珠子怎麼飛了去的，還是掉到石窟窿裡，當時連右眼也看不清，現在想來是什麼痛法有點模糊。該死，被我壓倒了一個兄弟，馬伏在地上死命地往後拖我，不巧不成書，緊跟著一陣小雨似的『大條』的火彈，他沒來及躺下，腦袋上開了花，我光看見一串紅白汁子從他的耳門旁向外放。其實自己的鎖子骨給打穿了還不知道。天旋地轉地覺著嗓子裡嗆的厲害，不打戰，不害冷，什麼天氣，只是口渴得要命！說你不信，血就好，有工夫喝也喝得下，你真是不信。」

記起了在那些高山的城堡上鏖戰的情形，他的一隻眼裡真透著火光。事情太多了，說不出哪一段最精采。他在迅速的回憶中十分清晰。那大北風，飄著雪花的天，一陣捲風，小沙子直向肉裡鑽，煙太多了，雪花都看不見。手指拉著「大條」的鋼栓，動的快，摩擦得倒有點兒發暖。就像把兩隻耳朵放在火車輪子的底下，全是聲音，反而聽不出有什麼東西放響了。一片煙，一團的爆火，空中炒豆一般的飛彈。哪一個都是條野獸，直著嗓子叫，石堆上跳著火線，人身子慢條斯理地倒下去，滾落到山澗裡去，隨處都是小血河。還有上下衝鋒景象……

他暫時閉了口，那樣慘與那樣新鮮、那樣活動的西洋景一段段地在他眼前換著電影。站長吸過的半枝香菸夾在左手的兩指中間，香菸頭的影子在貼著報紙的牆上略略有點動。他的嘴角的皺紋緊疊得更有勁，彷彿是傳染了恐怖，或是由於空虛的激怒，一句話不說，而且對於短腿李也沒了平常日的規矩。

這殘廢人為了與站長談到軍隊的慣語，卻一直地叉下去說：吃糧，打仗，受××的槍炮傷，在記憶中的全是制不住的憤氣與血染的悽慘。這些光景，這些經驗，在他的心上鑄成了永遠分明的底版，每回想起來便能立時用血痕印成一幅驚人的圖畫，雖已過了兩個年頭。他丟了眼珠，斷了腿，被人家從隊伍裡開除下來，仍然一個孤零零的身子跑回故鄉，什麼事都幹不了。可是炮火與義憤卻沒曾麻木了他的神經。他絕沒想到這殘廢的價值，與流了自己的血有什麼光榮。對於老鄰居與當年在一處賭手跑腿的鄉間夥伴，他還是照樣親熱。憋不住肚子裡的那股氣，時常想和他們談談，然而大家總對他客氣點，不很親近，似乎他的身上真缺少了一點東西，都像是居心躲開他。

他只能安安穩穩地住在多年失修的那間破屋裡，與一隻餓狗作伴。有時給農人家幫做輕活，但那樣的機會並不常有，因為他的身體不方便。

有些人表面上對他客氣，其實想離開他遠一點。

他漸漸覺察得出了，不是舍不開那間老屋，他沒處去，也沒有方法能再掙到一個月六塊半的賣身價。但每逢談起那場血戰的舊事，在一時中他很容易地忘記了一切。

還是站長看得出，知道費剛這時候來準有事，許是明天沒有窩窩頭吃了？或是有關於那個與他同下汽車的老女人的事？他聽過費剛訴說怎麼受傷的故事不止一次了，不像短腿李那麼驚異。不過他不願他再一回再一回地說那些話，往往聽後，自己的心像被那種景象提起來，夜中睡不好，容易引動說不出的悲哀在胸頭上直撞。

剛剛拾起一本《古文釋義》念了幾段，把一下午的焦躁與憤恨平了些，想著早早鑽到被窩裡取暖，預備第二天六點半就往上爬。恰好這殘廢人又來了，事還沒說，先將那些情景再說一回，站長的手指便微微顫動。

他看見對面凳子上坐的這個青年人一隻眼盡著盯住燈光，裸露的前胸呼吸得很快，他再也忍不住了。

「喂！老剛，盡想幹嘛？你和短腿還高興談那一套。你怎麼樣？這幾天有的吃？……還天天起火下鍋？正經話，是不是？……」

站長和費剛認識了四個多月，自己雖不行，一元五角的幫助卻不是一次了。

「呔，呔！真好記性。不得了，站長，您瞧我真傻頭傻腦，貪說以前的事，……是啊，今天晚上趕來原有求於您呀。」

對於自己的粗心有點發笑，厚硬的眉毛在鼻梁上鬆開了，但即時又蹙起來。

「站長，您說，我這麼辦對不對？沒有法子，瞧我不好過，——還沒有別的，有一頓，無一頓，好歹餓不死。可是我姨母簡直是遇了橫禍！這年頭怎麼說，我是她妹妹的孩子，親故，親顧，能眼看著不管？媽的，咱得找地方評評理，難道無論哪裡都不是

『朗朗的乾坤』麼？」他用有力的左肘撐住上身，一條腿站起來。

「原來你之前急著坐五角錢的汽車去就為你姨母家的事。」站長記起那一天這殘廢人從內衣袋裡掏出五張本地發行的角子發票，從自己手裡換一張車票的稀奇事。

「為她，全是她家的亂子。論來還乾著我的眼毛？——就是今個跟我下車的那個老媽子，六十五了，從三十多年前——那個時候我剛下生，她便寡婦失業地領著小二仔抹眼淚過日子。給人家種二畝半，只有一條老母牛，又沒有人手，到地裡忙時得同鄰舍傢伙著幹。您想，這一來她能見多少東西，咱都明白，家中無人莫種地！有時一年家連短工錢也不夠，不種又怎麼辦？粗糧食，燒草，臉前就是光打光。……不說了，過去的事，十年了，二十年了，我那個楨子頭表哥卻有一身蠻氣力，扛得動口袋，推一手好車子。她老人家省吃，挨凍，給他娶上一個媳婦，命裡該，沒過三年，養孩子受了風，才二十多歲的年輕女人，撇了小孩子升了天。……她老人家再沒有餘錢辦這一手了。幸虧那男孩子來得樸實，沒病沒災的，現在十幾歲了，雇給人家做放牛小，也省下家裡的一口飯。……」

又是他的老脾氣，說起一段來有頭沒有煞尾，盡著向外走叉路。站長有點瞌睡，聽了多時還沒曾知道這有些傻氣的兵大爺為了什麼事向這裡跑。

「到底你姨母家裡出了什麼事?你快點說,……說!」

「我說話老是好從頭拉到底,……先說那件不講情理的亂子。大前天,沒明,我表兄被他那一區的隊上抓了去,說是有人咬他窩匪,還給人家說贖票,一桿十多年前為辦聯莊會硬派的土炮,就是證據。天不睜眼!他就是蠻點,好當面和人家爭嘴,這是哪裡來的橫禍?您說,好,當天已經解了城,還加上手銬,人家說是案子大。……他家裡從屋頂翻到炕洞子,有什麼收拾不淨?……她老人家嚇昏了,專人找我這樣的親戚去給她料理。哈!我如果是個連長,或是個把書記官,不看佛面看金面,還有這場事?……真的,他是歹人,別瞧我不得勁,一棍子還能打他個半死。……」

短腿李一直沒敢坐,也沒蹲下來,靠門框站在一邊,聽呆了。及至聽到費剛的表哥被那一區上抓了去送城,他的厚嘴唇動幾動,腰挺直,抓著額上的短髮吃吃道地:

「不錯,昨天聽街上傳說:小屯子抓了嫌疑犯,不過,不盡該那區上的事,如今在鄉間住真難為窮人過的,怕土匪,還怕沾連!望風捕影的,……誰想到那些人抓的是你的親戚,怪不得著急!」

站長用力向自己的笨聽差看了一眼，「聽老剛說呀，偏是你的嘴來得快。」

「怎麼辦？——我一到那裡氣極了，拄著拐與她老人家到區上問，區公所就在小屯子西三里地的那大莊子上。哼！什麼媽的勢派，區長吃請去了，那站門口的本地士兵，捧著桿『漢陽造』直向我瞪眼，咱就沒見過這傢伙？真是蛟龍困在沙灘裡，一隻蒼蠅也來叮一口。我找他把區長請了來論論理，就為這個，差一點沒輪那小子幾拐杖。他，狗仗勢，特別瞧不起我這身體不全的退伍兵。還把那黑筒子對著我做勢子，咱可對它打冷戰？不開眼，不去把那鄉官找了來還不算，口裡不乾不淨地硬說我是小二仔的一黨。咱們是表兄弟，是憑了傻力氣掙飯吃的人，為什麼不一黨？那小子可惡透了頂，不是有看熱鬧的拉著，別瞧我一條腿，我真能奪過槍來給他一頓槍把子。站長，您想，這不是大天白日的晦氣！怎麼，咱這中國越變越壞，壞到這個地步，人心都不長在肉裡。……我姨母一口人怎麼過，有理沒處講，我怕她真一扣子勒死了，那可是人命關天。所以趕快把她帶了來，還好，她在牆縫子裡還塞了兩塊錢的發票，沒叫人家挖了去，是她頭年年底賣雞蛋的錢。來不及了，她走不動，趁著今天的北來車我把她搬了來。」

「站長！」他這次再叫一聲，末後一個「長」字，他的口音有點發抖了，「我就是報告給您的這段事。現在表哥是受刑去了，六十五歲的老媽子在我的屋裡乾號，她孫子不知道消息，怎麼辦？承您的情，您是客人，卻待我比這裡的人哪一個也實在。咱是有什麼說什麼，我跳了來不為別的，好歹您是老前輩，咱同行，還不給我想一個法子？」他的一隻眼中的怒光現在變成一團凝住的淚痕了，他更誠懇地加上幾句：「我在這地面上求不到別的人，您明白，咱不是在北方拿大刀的好漢子了，如今落在人家的手裡，這叫做啞子吃黃連，有苦說不出。站長，您，還有李夥計，替我想，不是，但有點氣性的早一頭撞死了？話又說回來，我為什麼不死在那有眼的子彈上，到現在吃憋氣！哼！……」

他一直是一手扶了破木桌子，一隻腿吃力地頂住，說到末後的一句，桌上的小座煤油燈，那黯淡的火焰隨著桌子打戰，像是這燈頭中了過度的風寒。

站長的臉上又重行勾起了焦急的輪廓，紅紅的雙頰配著短黑小髫子更明顯。他要急著說什麼，卻突然在土地上來回走了一個圈子，嘴角往裡兜一兜，又鬆開去，用手指抹著鼻尖上的汗珠。他那雙有眼屎的老眼像是蒙上了一層薄紗，影影綽綽地看見這獨腳鬼的高大的身影在那有惡兆的燈焰上跳舞。自己一顆心也被憤激得向上碰，可是好方法想不出來，一陣陣的冷汗在小褂子底下起泡。

費剛——那殘廢人本來預想著有好心又是同行的老站長，他總是官項人員，大小是有名銜的，替自己想法子救救那家人，也為自己爭爭光，一定不難。但這一霎，他也明白了這個直爽的老人有點空發急，沒處下手。他驟然覺得久立的一隻腳發酸，周身抽去了不少氣力，如塊重量的石頭一般，把身子落到不結實的木凳上，頹然地用兩隻大手捧住了頭顱。

「師爺——站長——你為嘛不向咱這區上去給費大哥說句話？不是？李區長和你很要好，頭十天還送來的茶葉，鹹魚。不一區，費大哥終久是這區上的人呀。」

短腿李忍不住了，不顧平常時站長的吩咐，又攙口說話。他知道每回區長來上汽車，站長招呼得很熨貼，而且大正月裡李區長請客也有站長的份。

站長把那雙紅腫的手平舉起來打一個欠伸，沒向笨頭笨腦的站夫使眼色，也沒搖頭，他對著一條條黑窗櫺的窗臺出神。

「想的容易，李區長對我是客情，你有把握？就便說了，他會有辦法？從那另一區的告發的案子上倒回人來，——我比你們不是沒有一點辦事經歷的，噓！——」

嘆一口氣，似把壓在心口裡的東西吐一吐，他仍然在小小的當地上來回走。

「您能看著這件事往壞處滾?不說別的，站長，您為那老媽子!……如果有那一天，她痛孩子發了狂，趁一個冷不防死在我家，這怎麼辦?……還是那麼說，我表哥只是口上得罪人，我敢保他幾輩子，他會給人家窩匪，拉線?……求求您，您老人家說一回丟不了面子。……」

站長看見這倔強的漢子——這幾年前曾經與外國兵拚過命的無名英雄，現在竟然像小孩子似的急得要掉下淚來。他不再走了，停住跺著厚布棉鞋的雙腳，又想了一會，事情總算是決定了。明天十點，趁空子，他去找李區長說話。至少能托他向那一區上的管事人解釋開:被抓去的漢子是安分好人，哪怕在城裡多押幾天，只要不傷筋，動骨，能放出來，這一家人便都有了命，吃虧是談不到的。

重開開木板門，一陣急風把地面上的雪花捲到門限裡來。這忘記了剛才讀過的古文句子的站長，從雪氈上眼看著那個黑衣的英雄如幽靈一般顛走了，他又重重地籲一口氣。到屋子裡恨恨地對著剛要上床去的短腿李道:

「白天的茶葉倒了沒?——倒了，再沖一壺，還照樣!」

短腿李楞楞地看看站長的有點發青的顏色，便把外衣一丟，去撥動爐中快要燒成灰燼的焦炭。

第二天。

與以前過去的日子一樣，七點多那響著單調的喇叭聲又遠遠地從冰凍的黃土路上叫過來。站長一面用髒手帕擦著眼屎，一面幹他機械的公事。早上臉都沒洗，喝了半夜的釅茶，喉嚨裡乾得出火。挨著北來南來的兩趟客車過去之後，已經快九點了，他回到屋裡等短腿李去買青菜還沒回來。自己在爐子上炒昨天的剩米飯，想快吃過，好去給人說情。

及至短腿李氣吁吁地躥回來時，他的炒米飯剛剛吃下半碗。那笨小子沒顧得買菜，卻急著回來報鎮上的新聞。站長剛聽了頭幾句：「費剛與他姨母，一清早，六點，叫縣上派來的警察提了去。人家看見是雇了一輛小車子推走的。特別還從鎮上要了幾個團丁去護送。真快，準保他從這裡回去沒睡多少覺。隔城二十里，警察起的黑票，聽說還有公事給李區長，大約是小二仔一案的掛帶。這一去！……」那半碗米飯便從站長的手裡推開了。

事情來得太突兀，太快，不知怎麼，小二仔那一區上的手腕這麼厲害。前天費剛去搬那孤苦的老媽子，與看門的區丁吵了嘴，昨天來的，這大早上人家就先下了手，使激於義憤的站長想著給那殘廢人訴說也沒了時間。

現在再說還有什麼用處？那邊有縣上的公事，硬當強盜犯把這兩個男女抓走了。站長直到十二點沒出屋門一步，手指一個勁地發抖，除掉覺得他與那殘廢的英雄都一樣受到人家的欺負之外，還另有一份憂慮。他向來是謹慎慣了，也許他們欺負自己這外鄉孤客，把事件擴大起來，用「嫌疑」二字與自己過不去。有罪還不容易，可是這小小位置的前途呢？

從這裡想，他有點後悔，「為什麼偏對這樣『英雄』特別同情，不學地方上人的乖呢？」但這點後悔剛一萌動，馬上又被清楚的意識打退了，「為什麼一個人不該有一份正直的膽氣？」

這一天雪住下，冷度又平添了不少，每家茅草的屋簷上都掛著幾條冰柱。雪凍在地上結成有力的一片，雖有風，樹枝中間的積雪卻沒被吹落，遠望去，那些小松樹林子像綴上了多少銀花。

晚上站長沒吃飯，究竟往李區長家中走了一趟，只是有一搭沒一搭地談著本地的事，自然費剛被抓的事也談過了。區長的斷定是：

「你不稱讚這漢子是英雄麼？老哥，你太簡單，——哈！對不起！我的意思是說你太用好心待人了。自然，我哪能斷定他在暗地裡幹些什麼事，不過，不過當兵而且又上過前線的大兵，都不好惹，脾氣壞，當兵的有幾個好？……老話，不是麼？『好男不當兵』，你瞧，他雖是受了傷還是那副凶神的臉孔，一隻眼看人特別狠。我幹了這個，不是多心，在地方上能不負責任？這回的事沒法評論，好在有那一區的原告，有他的親戚——一流人，與他的被告，好，提走了，這邊日後可省了心。唉，唉，不怕你老哥笑話，咱這小地方經不起有那樣的『英雄』！是不是？哈哈！……」

這一套最刺耳的話頭是站長想探聽那殘廢人消息的報酬。他帶了一顆不自安的心，嘸著冷風，在黑暗中重回到自己的住處。

那殘廢兵士從這個街市上失了影子，正如同在陽光下吹滅了一支白燭，沒人感到缺少了光輝。頭幾天自然有種種評論，有的怕事的鄉下人連談都不談。三天、五天、十天，過去了，快到舊曆年，街上小商號的跑帳夥計開始忙碌起來，而那些照例過活的人家，無論怎麼樣，總有他們的年關逼近應該打發的事務。因此關於老剛的事沒有人提起了。一般人很知道新聞的價值，像這等事在這些年的鄉下不稀罕，盡著向人說，打聽，夠到少見多怪，沒有識見。「自作自受」是公道的評判，「到處楞闖便是不安心的東西！」這是有幾位老頭子在剛抓了他去的時候說的，現在連這樣的話也聽不到了。

雪一直沒斷，可也不大，天老陰著。汽車因為道路不好走，像發瘧子症的病人，忽然來一陣，又忽然不見了，總靠不穩。那站長因此便較為清閒一點。但是他更容易上火，短腿李特別小心，好在摸清的脾氣，給他一個不做聲，站長的氣一會也得往下消，可有一件，這是短腿李曉得的，他在夜間頭十二點不能睡覺，即是上了床也聽見他隔一會嘆口氣，或是劃著火柴吸菸。不過十多天，他的臉上已經帶著清瘦病容，眼角青青地，無論看什麼都沒有精神。那本石印的《古文釋義》捲過去疊在案子上，似乎自從那一晚上再沒讀過一次。牆上的日曆三天四天的才記起來連撕去幾張。

終天，這有點憂鬱病的站長不願和短腿李說句閒話，唯有午後與晚上，他像在做一定功課，叫短腿李給他沖茶。

那幾個字倒成了每天的例語：「一壺茶，一壺好茶，葉子多一把！」短腿李一聽見這兩句，低了頭把開水壺提到裡間去，那一股熱流便如小瀑布似的衝擊著泛出香味的葉子。

沒等到過舊曆的除夕，那一斤多重的上好貢尖葉子都被熱流沖淨了。

一九三六年二月二十八日

經過笑嘻嘻的叔父的吩咐後，青年志剛方才對斜躺在沙發上的客人行一個簡單的見面禮。那個肥重的腰身在沙發上略欠一欠，一種照例和氣、穩重的表情，從他臉上的肉紋中逗出來。

「好，好，這自然是令侄了。在大學唸書不是?年紀小，有出息，筱翁家的家運……真有點像『芝蘭玉樹』。……呵呵!……」

粗重的手指撮弄著短短上鬍，同時那兩隻不很靈活而藏著狡獪的小眼睛發出令人注意的明光，向志剛的叔父打招呼。

小客廳中，沙發與靠南窗下的軟椅上，側對面坐了這麼兩位典型的「長輩」。他們的光亮的皮袍，他們溫和的態度，他們對於一切事富有經驗從容不迫的言談，似乎使屋子中的任何東西都增加了安靜與和平的份量。

青年志剛穿了絨球衣、長褲，帽子沒戴，匆忙與浮動的樣子卻正好與他叔父、叔父的密友成為對照。

「過獎，小孩子倒還知道用功。他現在二年級了。您想：我沒有大孩子，家兄因為我在這裡幹公司，把學生托給我。您知道：這夠多耽心，這個年頭，有孩子上大學。於今變得太快了，天翻地覆，我們不夠數。……好歹還能按部就班，畢下業來算是有了交代。為他在這裡上學，住在我家裡，說，您別見笑，我也真不是不操心。……」

「那……那……」胖子從衣袋裡掏出白絲手絹擦著金絲腿的眼鏡，低了頭不在意地回答。

「那……正是『責無旁貸』。年輕人，沒有長一輩替他操心還成？幸而地方好，不是有許多大學的地方，好教化，人多生亂，是定理也是定例。沒見報，北平哪裡還像樣子！」

叔父把右手裡的三炮臺香菸向玻璃煙碟上彈彈灰。

「噯！從去年底到現在沒完事，怎麼鬧的？幸而他沒到那邊去入學，焉知非福？可是，如果他是北平的學生，子青，您說我怎麼辦？因為我是受了家兄的重託呀，家兄常有病，到如今還蹲在鄉間。」

「糟透了北平的學風！」叔父叫他子青的官員似乎有意地搖搖頭道，「我親眼目睹的北平！我幹了二十年的事，在北平，前後合起來正好十五年。哼！從民國八年起，不是都說什麼『五四，五四』，從那時候我明白中國的亂子紮了根！無論怎麼不好，法守終歸是法守，如果學生先不守法，天下還能太平？數數看：放火燒了×公館，一次；砸毀了×教長的公館，又一次；幾乎成群闖進了執政府，——那不定有什麼暴力的舉動，又一次；最近又一次。這只把大事算進去，鬧得與軍警打交手仗。筱翁，我們也曾當過學生，不是守著令侄誇口，我那時候在日本讀書，雖然算激烈派，怎麼樣？程度可不同，心也真純。現在呢，青年人的心是轉軸，往好處說，……總歸一句是恨天下不亂，受壞人指使。……北平，沒法說了，那地方一團糟，不堪回首。您想想，比起民國初年來，人事盛衰，可不，要怎麼說？」

他在這二十二歲的青年身旁得到了一個發泄感慨的機會，這許多話頭，一方對老朋友表白經驗，一方是對後進致訓詞。

志剛已經進來了，不好即時退出，何況叔父很鄭重地對自己介紹這位老世伯是作過大事情的幹員：財政、鹽務、內閣的祕書，軍隊上的顧問，……這次為了公事到這邊來住些日子，能夠領領教，聽聽話，正是難得的機會。在外頭混久了，熟人多。叔父的意思十分明顯，對於這個看去並不怎麼笨的侄子早存了好大的希望，所以趁禮拜六過午叫了志剛來聽聽談論。

由這一段話，志剛完全明白了叔父口中的幹員是什麼樣的人物。想到這一晚上還得陪他在這個家庭中吃晚飯，就有點發急。一陣眩暈，額上微微滲出汗珠，才覺出網球場上的疲勞。立時他退到屋角的一把小椅上坐下。

但是那幹員的話還沒完。

「筱翁，你是民元法政學堂畢業的，道地我們是從新潮流中打過滾的，不是一般老人那麼頑固的頭腦。……」

志剛的叔父沉著地點點頭，黃瘦的臉上現出適意的笑容。因為當年他熬得到手那張文憑，才能從徵收局的科員起家。到現在，自然是事過境遷了，可是有人提到他當年的學歷，一份滿足的心情從胸頭直向外迸。他平生最服從「木本水源」的道理，不有從前，哪能拖了梯子爬到目前的地位？

「絕不會的，我——像我，有人批評我是個中庸者，我受得住！這不是壞名詞呀，不偏，不倚，在狂狷之中，兩端都過分。我們能以履行這點大道並非易易，呵呵！……年輕人說我們還是頑固，足見識淺。您更懂得，還當過一任校長，知道潮流能變成什麼顏色。像你令侄……」

他正坐在沙發上用手指敲敲茶几上的霽紅膽瓶，向志剛道：

「顏色不大容易分辨吧？記得一個學術上的名詞——什麼『色盲』，何嘗不對！自己長不上兩顆好眼，準包在大流裡變成瞎子——看不見顏色的分別，到頭只是吃虧，還有便宜？有便宜？……年輕學生不安分，想的太高，把世事看做泥團，要怎麼捏便怎麼捏？……唉！難怪他們，有幾個是天分好的，自己有定見？」

志剛坐不住了，站起來，想回幾句話好跑出去，臉上一陣燒，是要說話又不願說的神色。

「你坐下，……怎麼？多冷的天會出汗？不要一下班就往球場裡跑，什麼意思，幹這個能不心粗氣浮？拿起筆桿來怕吃不住累勁。你不要出去，外間裡小床上躺一會，等著開飯。我留下老世伯吃晚飯，沒外人。」

算是老人的體貼，他得了命令，悶住一口氣，轉身把絲絨門簾一掀走出去，躺在那小鐵床上。腦子岑岑作痛，校中的情形即時在他的眼前重現出來：

幾百個人頭的搖動，主席，……報告，決議，……高聲的叫喊，要求，……罷課，不達到目的全體休學。……這些影片與語聲不斷地閃映，嘩送。但他不能先對叔父報告，如果知道了至少先不準他到校。叔父是那麼樣的人，在對青年的愛護上完全與那位幹員表同情。「往事不堪回首呀，像自己當老學生的時代，上班，聽有人翻譯著東洋教員的講書，筆記一字不漏地抄在石印有光紙講義的上欄。回到寓所，規規矩矩記條文，查法律名詞。雖是學生究竟還有點老風度，正是不堪回首，不堪回首！」

像這類輕鬆又是故意常說的感慨話，時常博得到同事們與友人的讚歎；「所以咧，造成現時還可在社會上混點事情的資格，老學生自然有拿手。……」那些人把一樣是輕鬆的讚美話敬過來，他便抹著光光的上唇，帶著鄭重的微笑，點頭收口。

志剛見過叔父的常態不止一次了，雖不對自己正式下嚴重訓斥，然而這指桑比槐，與令人頭痛的嘆息，往往使自己坐立都覺不安。他住在這個冷冰冰的家庭中毫無快感，叔母每天出去打牌，一個小弟弟交給老媽子，叔父差不多得夜十二點方坐了包車回來，有時連著三幾夜不見人。與叔母說，不是公事忙便是出差。叔母已經快六十歲了，比丈夫大五、六歲，似乎很看的開，再不過問男人的事。照例每個月從叔父手裡接過幾百元的花銷，便什麼事與她無關。因此叔父對外人總說內人是少有的賢惠人，懂得婦人的道理。他們如此淡漠地度著日子，誰不問誰的行動。

然而志剛也有他的課外的消遣，那般志同道合的朋友曉得他是這地方××公司經理的侄子，手頭又鬆，自會有許多適意的新玩法，所以平日除開回家之外他並不嫌寂寞，也想不到什麼高遠的事上去。

自從近幾天來，糊里糊塗地學校中忽然鬧起風潮來（他真有點糊塗，對於學潮的原因），學生與學生中間，教職員與教職員中間不曉得怎麼生出許多波折？他太不關心了，平日是那麼超然的，弄不清這裡頭真有什麼是非，不過他在恍惚中也知道與救國的題目有關。以外呢，他連向大家問問也不肯。不過另外有層困難，使他感到苦悶。自己已經是二年級了，好容易混得過沉重的功課，每回考試沒有補考。雖說原先對於文憑不放在心上，年級高一點，未來的籌思使他不能不把利害估算一下。如果自己加入激烈派，名目說是好聽，於學生的本分上也許說得過，救國，……因救國而運動，為青年的集團作聲援，難道不佳？然而結果呢？或者因此犧牲了他的另一面的前程？不至被團體把自己出賣了吧？不至與學校當局作正面的衝突吧？……這幾天中，連他唯一的嗜好——網球拍子都懶得拿了，少對手，提不起興致。今天為了一位校外朋友的邀約，在××中學的體育場上跳打了兩個鐘點，臨別時還得分心囑咐那位偏戴著醬色小帽的姑娘替他守祕密。被同學們知道了，他沒有勇氣能夠抗得住許多鄙視的眼光與鋒銳的唇舌。

到家來，一股喘不出來的氣頂住嗓門，腦子裡一個勁發脹。

小客廳中叔父與那位幹員談話的聲音小得多了，有時似是攙雜著幾句東洋話。叔父為了地方的關係，倒能在公事餘暇找東洋人溫習著當年法政學校中的舊課。他有那麼熱的一顆心，比年輕學生知道用功的利益，不到一年居然能夠與他們辦一點小交涉了。不過志剛一聽見他們密談中有些「苦米，尼紅」的語音，更沒意思，一骨碌跳下床來向院子裡衝去。

是春末了，木柵上的藤蘿開得正好，鮮潤的粉紫色的墜花，那麼安閒與那麼幽麗。十字木架中簇著叢疊的小葉子。映在土地上像一幅配置好的藝術的攝影。去年新栽的木筆花敗了，還留有未墮的紫英。一群蜜蜂在藤蘿架底下哄成陣。小弟弟餵養的大黑貓睡在草地上打吆嚕。天太長了，斜陽的餘光仍然溫布著春暖。院子對過的一帶小山上閃著金輝，小松樹、槲樹、洋槐，連成一片淡綠色波面。多舒暢的時季，風絲不動，一切是在平和安閒中屏著氣息，引人沉醉。

約計快五天了，雖然不上課，可不曉得把時間怎麼發送的那樣快。近來有兩件事使他總拿不定準，也無從表示態度：對於學校，因救國問題釀成的風潮，要往哪邊站？還有密司S對自己那麼真切熱烈的要求，還不表示態度，她既非嚴重地拒絕，又沒有同意的表示，只在飛霞的腮頰上分外浮上一層嫵媚的嬌笑。……除此之外，她似乎分外忙，與男朋友們的交際也分外多。三次電話的回覆總有兩次是：「小姐與朋友出去玩去了」。這是個粉紅色的新謎，自己無從猜起；即使猜明了也想不出更好的方法怎樣進行。

看到院子裡各種生物的閒適樣子，更加增了心上的煩悶，他走遠點，離開半曳著絳花絲帷的玻璃窗有幾十步。

小房子中的電鈴響了，聽差一個都不在，他起初不理會，禁不住連接著又響了兩回，他沒好氣地到灰色鐵門邊用力撥開鐵關。以為是小弟弟由學校回來，沒想到隨著那沉重的門扇擁過一個瘦弱的身子來。

軟絨小帽，短短的青絨大衣，一雙光亮皮鞋。高尖鼻梁，露骨的雙顴，配合成另一樣的身形。

「對不起，老爺在家嗎？你？……」

「客廳裡，誰？你貴姓？」志剛有點迷糊，曾沒見過這樣的一位熟客。

「啊！啊！您是這宅的侄少爺吧？早已聞名，不是在大學讀書？」

「……」

「我，李小泉，隔兩個禮拜總與老爺見面，不過不常到府上。」

「李小……李先生。」志剛到這時才曉得來客是哪一個，因為他也是早已聞名的了。接著道：「在客廳裡，請進，我有事，不陪，——不陪。」

那輕小身段的人瞇著斜小的一雙眼，不再說什麼，穿過藤花架，推開石臺上的銅把子花玻璃門閃進去了。

「非想個法脫開不成！一個行尸已夠受了，平空又飛來一個他——這包走私貨的小流氓。我哪裡有這份耐力，坐下聽他們扯淡。」他想著，盡用手指捏弄眉頭，找主意，一陣噁心的味道在胸中擁撞，而室內同時也起了一陣笑聲。

他知道這著名的李小泉與叔父不是平常的交誼，他在流氓的幫裡勢力不小，開著大飯館子，專門與那些不三不四的人物來往，放印子錢，吃腥賭，而他的唯一的財源是包私運。北方來的私貨，並不用他親自冒險，有的是走長道的小嘍囉，一批貨來到，有多少份子，坐守現成。他在這樣團體中是外交老手，認識的體面人物頂多，辦起事來準沒錯。誰遇見他總是李大爺、李小翁的叫著。叔父的外快錢，一部分與他有關。志剛來住了一個年頭，總沒碰見，不過從叔母的閒談中曉得這位有神通又走運的流氓頭的勢派。

因此，雖然寄食在貌似和善的叔父家中，若一想到這類事，不免臉上有點發燒，恨不得即刻搬到校內住去。經不得叔父的一陣告誡，便又遲疑起來。而使他最不肯決意離開這個家的原因，還是每天三次精美的飲食，電話的便利，再則人人知道他是這裡闊經理的侄少爺，有這個招牌，他可以記帳去做時樣的西服，吃大餐，叫汽車。

然而他究竟還是青年，除了那些便利的享受之外，他對這一家人都合不來，尤其是叔父，有許多鬼鬼祟祟的舉動使他憎惡，使他感到不安。

偶然想起來，不是自己讀不起大學，何苦蹲在這個家裡？及至享受著由叔父的招牌而獲得的種種便利時，他只好搖搖頭又蹲下去。

他是這麼一個好說話的大學生，在學校照例上課之外，交女朋友，看電影，打球，正如某些學生一樣。除掉最近那兩件事算是碰了難題，平常他永遠是一個快樂的典型者，不憂慮也不憤激。

時間過的太快，院中的斜陽已經收回了末後的金光，西方有一抹殘霞，從絳紅色愈染愈淡，變成一團灰色的空煙。他急切想不出什麼脫逃的計策，而後面廚房裡煎炒的肉香，卻一陣陣送來。搔搔不很整齊的短髮，老是急步著來回走。無意間右手觸到褲袋中的一疊厚紙，抽出來，匆匆看過，他笑著，便向小方樓的夾道跑。轉過牆角，從另一個穿門到自己的臥室中去。

在未折疊的被縟上面坐下來，脫了球衣，換了一身淺色十字格的法蘭絨西裝，套上清早女僕擦過的新皮鞋，跳下來，一面打著領帶一面再向外跑。幸而未走出迴廊門，想起什麼來，轉身重到門內，戴上呢帽。用水筆在方才掏出的厚信籤上把下面的日子塗改了兩個字，吸墨紙找不到，便夾在右手兩指中間抖動。對牆上掛的大圓鏡映出自己的面容，微微現著興奮的紅色，簡直像個剛得到一塊糖果、忘記了吃過苦藥的小孩子。

跑到客廳門外站定，調整著粗浮的呼吸，裝成往見遠來客人的姿勢。那張久已放在褲袋中的信籤，看看，黑色乾了，正要推門。

「伍參議遠道來此，今天幸得領教。晚飯後可得讓我做一次東，……講好玩的去處，經理，——您可不是不如我。……到……十二點，……紫羅蘭跳舞場……國際飯店……」

有幾句聽不清，這明明是那小個子李小泉的口音，接著他們是一陣放縱的大笑。志剛不再等了，出其不意地猛然進去。

叔父嘴角上的笑紋還沒收起來，一支雪茄驟然從柔白的手指上溜到菸缸中去。伍參議——那位遠來的幹員，卻毫不在意，把一本日文的《支那雜誌》疊在左肘下，笑嘻嘻地對立在地毯當中的李小泉點頭。志剛直走到叔父面前，把那張黃色厚紙呈上。

「×教授今晚上開茶話會，招待一位外國來賓，……打發人送來這封信。……不巧，可是沒有法推辭，他對學生們十分客氣，還可與外國人來往。」

匆遽中，叔父只把紙面上的藍字看清楚了下有×教授的署名，怕被侄子聽見什麼不妥的事件似地，不像平日那麼裝點，只說一句：

「偏偏不湊巧。伍老伯來了，他又開什麼茶會。……」

「不妨，不妨，令侄不可失卻這種機會，何況我們坐在一處瞎談，年輕人也有點不自在。……哈哈……」

就這麼樣，志剛便在門外朦朧的暗影中恢復了他的自由——至少，這一晚上他可以忘卻了學校的糾紛，與被粉紅色迷夢顛倒的苦悶。

按照近來的經驗，當這美好的春末黃昏後，一定找不到密司S，何況晚上往她家跑，先受不住那守門的老頭子的白眼。昨天與今天頭午兩次電話，都受了沒有在家的回絕，——也許她是成心對自己玩手法？真不情願？接著就來一個第三次，怎麼辦呢！馬路上溫風吹來公園裡花草醉人的香味，一對對步履輕快、不斷著大聲說笑的青年男女，他們像是長著快樂的翅子，可以滿天飛翔。自己孤零零地想不出怎麼樣才可把這一個黃昏消磨下去。現在，他怕遇到校中的同學。反正不是這一派便是那一黨的分子，自己的話說出來要比量尺寸，原來沒打定主意走向哪一邊，一個露了怯，以後便處處難行。……

他在幽靜的街上行了半小時，方決定先找一家館子使自己沉醉一下，借重酒力的刺激，或者另外打一點主意。……他在那盞彩罩的五十支光的電燈下喝過兩杯葡萄酒，便又感到畏怯了，本沒有大量，而且他又是對於新法衛生很講究的青年，記得許多書上講到吃酒的毒害，他端著高腳玻璃杯有些遲疑了。微微覺得臉上發熱，可是清醒得很，一點點的眩暈都沒有。低下頭，端詳著這身整齊的新西服，聯想到醉人的狀態，他對於褲管上筆直的折紋，與亮得可當鏡子用的皮鞋尖有點愧對。回憶著從外國鍍了顏色的教授們說的禮節、講究，一個健全的國民，必不可少的「尖頭鰻」的神氣。對酒杯搖搖頭，為什麼自己不尊重自己，不理智一點，甘心要學酒鬼的行徑？一個有教養、有門第的上流子弟的大學生，連這點耐力都把不住？……

半杯酒冷落在玻璃桌面上，他毫不留戀地站起來，按按電鈴，跑進一個白衣堂倌，和氣滿面，腰微彎著，在桌子旁邊靜聽這少年「尖頭鰻」的吩咐。

「去，——這一瓶酒拿去，拿去，不要擺在這裡。」他像一個情願懺罪的犯人，有知過必改的一時的決心。

「噢！……什麼？先生，這酒是道地的法國貨，昨天從外國公司整箱要來的。……先生，不好？……」

明白這堂倌錯會了自己的意思，他擺擺手。

「好不好誰來管，拿去，拿去就是了。不退帳，照價付錢，就是，你還不明白，真笨，還不成？……我為的是不叫它放在這裡！……去！一碗什錦炒飯，燴牛肉絲加洋蔥，還有先要的麵包鴨肝湯，快！……」

堂倌立刻端了那細頸的高瓶子，連連答應著「是，……是」，退出門外。雖然他可以喝口好酒，可到底不明白這位少年客人的真意。像是清醒過來的罪人，他以為他的理智能夠克服了這魔鬼的誘引。炒飯與牛肉絲吃起來特別有味。想不到自己居然有點硬勁，不但可以逃免了叔父的命令，又能給自己添上了一重「克己」的工夫。他在腦子中描畫出那個胖臉幹員笑裡藏針的面色；包運私貨的李小泉，在一邊巴結湊趣的卑鄙樣子；以及一本正經的叔父在搖頭輕嘆。他們哪會想到自己在這個精美的小房間裡吃獨桌？平常想不到的乖巧與克制，這晚上都來了，因此他又很樂觀。「需要冷靜，——更需要理智點，什麼事一定可有相當的解決。明天來，校中風潮是又一個的試金石，當然會計劃出一種高明的態度，何至左右都不是！……」這類的思潮翻一個小小的浪花，又點到密司S的態度上：究竟是女孩子的把戲，不是什麼雜誌上提到，凡是女子多少帶點狐狸的狡獪，終久有一天捉住她的尾巴！……到明天，慢慢地想方法，會失敗到她身上？論哪一樣？……他用鑲銀的牙箸攪動深紫色的鴨肝片，稍稍用力，那嫩軟的東西被夾成兩小段，送到口中，咀嚼著又黏又膩的味道。意思很朦朧，也許在未來他會把S像鴨肝一般的這麼含的住，……準沒錯。

雖然不過兩杯酒下肚，而且又馬上自己克制住了，可是他的膽力比飯前增大了。憂鬱、煩悶去得很快，像秋空中的輕雲，經不住一陣爽利的清風吹散了。他決定這晚上要找快活，一切事都放在一邊，到明天，自可用理智的刀鋒向更深處分削，再求結果，不會晚。

略覺得輕飄飄地掠下了包銅的樓梯，看畫著三角圖案的牆上，掛鐘已經八點半了，沒留心倒消磨了兩個鐘頭。

穿過霓虹燈閃著藍眼睛的熱鬧街道，腳步快得多，有時低聲吹著口哨，惹得行人道上的幾個聳散著細髮的女人們對他特別注視，他也向她們溜幾眼，得勝似地再向前走。

九點後，在電影院中他看了兩小時的美國電影，在眼前閃晃的是飛躍的大腿，與強盜的手槍，加上溜銀的跑馬，奇奇怪怪的卡通片。及至從光亮的立體大建築物裡隨著稀稀落落的男女出來之後，他又在想著別的計劃了。時間還早，回去一定不能馬上睡覺，如果在這個時候去翻厚本的洋文書，未免太煞風景了。理智使他明天再說！戀愛，風潮，隔得還遠的教室中的上課，更不必忙。他只好盡力去找方法消遣這春末的深夜。他覺得自己有可佩的決心，彷彿能報復叔父與那位幹員、李小泉三人給自己的晦氣似的。

湊巧，在一家咖啡館前，碰個對面。穿著騎馬褲、黑上衣的徐健兒，挺胸凸腹地站得姿勢很好，像是預備擲鉛餅的架步，只差右手沒向後伸出去，原來他在呆看著幾個西洋男女的出入。

冷不防，志剛從左肩上用手遮住了那呆鳥的一隻眼。

「嘛？……誰？」吃驚的叫聲使志剛大笑。

「你這——少爺，蹓躂來，你倒享福。學校裡鬧得天翻地覆，交了你的好運。瞧你這身分，這簇新的西服，一定是去會情人？……」

健兒是校中有名的五虎將之一，在全運會上曾出過風頭，一口東北話十句裡往往有兩句是脫了板的罵人語尾。大個，圓眼睛，粗眉角，論份量也有近兩百斤重。他是校中最受優待的學生，向來不管那些小事，終天在外邊與體育派的人們混。本名是徐健，人家送他的健兒外號，他很高興；印在名片上，表明他是個現代的大無畏的青年。與志剛沒有多大交誼，可是對於外事不屑談不理會的態度上，他們可十分契合。

「你們，運動員，動不動情人不情人，『自古美女愛英雄』，你們硬充充膀子，便把女孩子做了俘虜，好容易！像我這樣的，講情？……」

「喂！老剛，咱還值得來那一套酸溜溜的玩意？於今世界講真戀真愛，不是老實人誰玩那個？我這兩天被學校的風潮打昏了腦袋殼，開會又開會，嘛勁？吃過晚飯，呆不住了，跑出來溜腿，咱是同志，在這一條線上。你瞧，大家火並，到頭總有吃虧的，犯得著？本來想到跳舞場出出力，一個人怪冷清的，好，咱就一道，瞧你這身衣服也得走上這麼一趟啊。……」

健兒把鴨舌帽拿在手裡，拋上去又接下來，手法漂亮，尖尖的厚嘴唇一突一突地，意思是還有話說。

志剛也正在微覺徬徨的途中，難得碰到這位不期而遇的伴侶。雖然嫌他粗魯點，可是行家，吃大餐，跳舞，準包不會露怯。於是他們並著肩，右腿緊跟著左腿，向上抬，向下落，四只皮鞋在水門汀的花磚道上響著青年風的勇武的樂調。「這次，你準是第一次見見健兒的身段。咱們到跳舞場一塊來還是破天荒。要跳得好舞，腳底下生勁——有根。跳舞，男人永遠是女的扶手，是主動不算被動。這個與運動有關，說你會不信，淨說本行的好處?對呀,運動有修養,許多事都占便宜,包括了精神的與物質的。我的華爾滋最有拿手,敢與鬼子水兵賽賽。我有目的,這不僅是娛樂,練身段,舒筋,和血。腳板怎麼一轉,周身都像發了酵。女的像小皮球,怎麼滾怎麼是。……老剛,你太穩了,腳步踏不開。像是吃飽了的鴨子。——你可別生氣,你們文縐縐的科班,一個勁,做什麼老是不前又不退;不出大力又不肯撇得開。我說這話,就多啦,校裡的風潮照例是好從文科學生領頭,然而打硬仗又找到咱們武的。……中用不中用?你說。哈哈,哈!……」

健兒與志剛斜對面坐著,這一次他們都沒下場。每人守著一杯濃黑的咖啡。健兒十分得意,正在發揮他的運動哲學。然而志剛卻沒大理會他,直瞧著一位穿駝絨袍、五十開外、梳著蒼白的分頭先生抱著上次自己的舞伴,用青緞鞋在有光地板上打旋轉。金口、尖頭、高跟的細腳與渾然的有柔感的老式緞鞋配合著,掉換腳步,真是另一種的幽默味。那叫雪的高個舞女,每轉到自己身旁,從那男人的肩上給自己一溜的眼風,像是扮鬼臉,又像是預約再一次的伴舞。那黑眼球一盯著他,志剛便有點坐不住,老是隨她的身子轉動。如果他自己跳,至少還可看個完全的正面,胸脯,……

「喂！剛，怎麼啦？又走了神？在這裡，咱得拿著當運動藝術之一來研究，幹嘛想別的，太怯呀。」

志剛把手放在厚磁杯子後面，輕輕地搖擺，怕叫鄰座的人聽去夠多洩氣。其實他太謹慎了，對面臺上，提琴、小鼓、批霞娜正叫得合拍，坐客的眼神似乎都飛到那一個個小皮球的衣裳底下去，憑健兒聲再高些誰也不會注意。

燈光綠幽幽地如一大堆鬼火，人臉上都罩上了一層怪光，像是生氣，又像是呆想著什麼。拉小提琴的那位胖子白俄，胸骨緊頂著琴尾巴，身子盡著向左右晃動，有油光的腦門，那麼明，恰在大電燈下面，彷彿是位魔法師正在作法，想從禿腦袋上生出一朵花來。

那運動員的粗指指著轉圈的「腳藝家們」，比著，在桌面上也畫了一個空圈，他的話再往下拖。

「剛，想的開，看的慣，人生有嘛苦惱？轉呀，轉呀，跳出，跳進，怪逗趣的。等自己下場子也是暈暈地莫名其土地堂，——這話你該懂？莫名其土地堂的轉！人生若還要講哲理，你來看，有例子擺在眼前。想扭了，淨在人家腳底下找天堂，我說，是道地的傻哥，咱可犯不上。……青年大學生，滿口治國平天下，滿心主義，改革，……嘎！你懂？到頭還是團團轉。我不薄今，不罵古，後人走的前人轍，是人得往聰明處找，犯不上！……」

他的話匣子的機弦還沒走完，光一閃，慘白的電燈重露了臉，三面空座上又裝滿了西服、長衫、披髮的生物。那上一回挾在志剛臂中的雪，一隻小手又在胯股上扭過來。徐健兒的話馬上轉了音，一邊拉椅子，一邊叫著角落裡穿白衣的茶房。

「包歪，——再來一杯咖啡。」

這個包歪剛剛轉過身去，另一個從一間小屋裡溜出來，在全場裡打了一個旋，加緊腳步，跑到還沒坐好的雪的身旁。

「電話，——您，國際飯店來的。……」

「國際飯店，姓什麼？」她的水汪汪的小眼瞪一瞪，意思有點煩。

「……姓李，他沒說號，不是常來的李老闆？李小……你知道。……」包歪居心把聲音放低些，然而這位李老闆連志剛也知道是李小泉——那個黃削面孔的私貨包運者。

「咦！」她嚶了聲，絕不遲疑，起身跟了包歪走，順便還歪一歪頭，留給這兩位青年一樣的媚笑。

本來休息的時間很短，下一次，運動員早定了主意，想把她挽住跳一次狐狸步。可是平空來了這麼個飯店的電話，頓時臉上微微地紅了。除掉叫了一聲「倒運」，他只是鼓著厚腮幫，直瞧著那個窈窕身影鑽進旁面的小屋子去。

志剛有點心驚，他倒不在乎這一霎時的不高興。李小泉從國際飯店來的電話，大約那闊氣的房間裡，至少還另外有兩位吧？自己臨出門時，在客廳外聽到的話音，有點線索，當時不留心，這裡不是紫羅蘭跳舞場麼？早記起來，為什麼和健兒來？幸而沒遇到。……無論誰，不怪難為情？她與李小泉有一手，錢多，有勢力，自己比起來，差得多。加這回不過兩次，每次跳不上五元錢的舞票。……他心裡有點不合適，兩手在膝頭上互握著，輕輕地抖動。這點情感的導火線，不止在李小泉身上，他不敢想，只是個幻象：叔父也似乎在闊氣的大房間中，兩隻穩重的腳，踏住地毯，拖出圓圓的圖案畫。……

怪，再一次音樂開始了，各個舞女又下了場，雪還沒從那間小屋子裡跳出來。這更增加了運動員臉上的紅色。「倒運！」他的話音轉成又簡又促的短調，不管志剛，他向對面的一排椅子上走去，拖了個高個一臉胖肉的俄國女人，迅速地加入那對對的舞團。

志剛一動不動，也不再去看那些一斜一伸的影子。晚飯，在客廳中的訓誡話，他們的笑，他們的做作的神色，如一片落了色的五彩片在眼前直晃。綠光中，那活潑的身段從小門邊跳過來了。先不走向自己的桌子這邊，她和一個包歪咬咬耳朵，高跟鞋像溜冰的姿勢飛過來，吐口氣坐在絨椅墊子上，瞧瞧端坐的志剛，她咬著鮮紅的下唇直笑。

「對勿起！一會我得告假了，——汽車就來接我去。」

「國際？……」志剛裝做毫不在乎的樣子，然而口音有點不自然。

「是啊，國際飯店，他們來找我，還有另外的兩個不在這個舞場的女的。真忙死人。」

這明明是得意話，像居心說給這個青年學生聽的，志剛楞住眼沒的回答。她又說了：

「有人請客，從北平來的一位參議，還有，……」

志剛搖搖手，表示不願意往下聽，她的話便打住了。一杯冷咖啡，她端起來一氣喝下，這時門外汽車的喇叭聲已聽得到。

沒等推開那掛了珠彩珞的正門，她迎上去，這回連上次的媚笑也沒有了，只餘下身上飄過來的香氣。

從大門裡挾了她走去的，志剛在座子上看得很清晰，一點不錯，是頭幾個鐘頭在藤蘿架下叫自己侄少爺的李小泉。

音樂仍然沒曾停止，志剛也沒看見那運動員轉到哪邊去了。平日沒有的決斷勁，這時他卻馬上跳起來，從衣架上掇過呢帽跟出去。

夜半了，街道上只有零落的幾輛人力車，微冷的風掃著幾塊紙皮。前頭，一輛瞪著紅眼睛的汽車，……轉過那道橫街，紅眼睛便消失了。

這更清楚，他知道那條橫街的轉角上便是五層樓的國際飯店。這一夜志剛叔父的公館中，出去的沒有一個轉回來。他的叔母在親戚家賭個通宵。第二天志剛揉著失眠的眼睛踱回家時，門上人告訴他：「老爺和北平來的客人出去一夜，有公事，直到過午方得回來睡覺呢。」

那時樓上的大掛鐘正敲過三點。

晚上，他又見那位「幹員」與李小泉挨著膀子到客廳中去，緊接著又來了一個小身軀的外國人。很安靜，沒叫他再去聽他們的道德哲學，彷彿他們有密事商量似的，志剛也不想去探聽他們的談話。

從這天以後，志剛沒遇到那一晚上的徐健兒，不知道學校中的風潮怎麼樣，他不為這件事使自己躊躇了。想著做一個中庸主義者？還是要把他自己真養成叔父的「芝蘭玉樹」？誰知道？他連密司S家的電話也懶得打了。

一九三六年三月

小紅燈籠的夢

「還有半個鐘頭，來得及，趕快送去。……馬郎路××坊，第×號。喂！這張條子上有，看看清楚，一百三十八，……記明白了，一百三十八號。」

老闆指著門外鋪道旁小手車上的木器，不耐心地把一張紙條塞進他手裡。

晚飯後，大街兩旁有不少來去的忙人，從這輛小手車旁經過，貪婪地看一眼，似乎那綠絨上面的玻璃能夠惹人注意。四方形，上好柚木的小桌子，做的確也玲瓏。圓桌腿上雕刻著簡單的圖案花，四面有暗鎖的小抽屜，漆色深紫，這真是一件上等木桌。擺在源生的門面前快半個年頭了，沒有買主。阿寶天天晚上打烊之後伏在上面學大字，現在它有了主人了，老闆很興頭地命他送去，他覺得在興奮之中微微有點悵惘！

接過那位女先生用鉛筆寫的地址，一行歪歪斜斜像自己一樣的字，旁邊，老闆用墨筆添上一行：收定洋二元，欠七元五角。阿寶看看，揣在青粗布小衫裡，仰頭望著老闆問：

「送去得要回七元五角？」

「不付錢你就交貨？呆子，還有——還有腳力呢。冒失小鬼。三角五分五的腳力，也交回來，忘了揍你！」

老闆是江北人，話音來得剛硬，平常說起話來總是喪氣。幸而這一晚上因為賣脫了一件難於出售的存貨，把他那付秦檜臉子換了。阿寶親手給老闆打了一斤老酒來，他嚼著乾炸大蝦全吃下去，是近來少有的事。阿寶記得當那位女先生付過定洋之後，對面，同行生意的李先生直瞪著眼向這邊看，隔壁那家卻清冷冷地一個主顧也沒有。

多問一句便受了老闆一陣喝斥，幸而懶洋洋的酒力把他的火氣消去。阿寶低著頭再不敢說什麼，將小鐵輪運貨車用力向前推動。一件桌子份量還不重，就只是兩條臂膊沒有勁，盡力往兩下裡硬撐，剛剛夠得到，肘骨上的筋彷彿被絞繩分扯著，震得一跳跳地痛。

正當街道上熱鬧的時候，一天工作結束了，白相的比白天多。在鋪子裡做活覺不出街道中的麻煩，偶然看看如螞蟻的男女來回走，電車，與刷上些怪顏色的公共汽車在街上穿梭，一陣鈴響，又一陣喧嚷，怪好玩的。晚上，從那些高屋頂上瞧得見閃閃閉閉如妖怪眼睛的「年紅燈」，眨著眼出窮象。阿寶，他跟李師兄學會了「年紅燈」這新鮮又有點興奮的新字眼。

他常常記起在鄉下過大年，家家門口總掛上一盞紅燈籠，用薄洋紅紙糊在鐵絲籠上，那淡淡的、也是搖搖不走的紅燭火焰卻在籠裡跳動。這小東西容易引起孩子們模糊的希望與天真的興趣。他出來作學徒已有兩年，曾經回鄉下過了個年節，也是李師兄把他從火車、小火車上帶回去的。不知為了什麼，在上海，他雖然天天晚上迎著半空中的「年紅燈」，因為懸得那麼高，閃得那麼快，自己又說不清那是怎麼弄成的，對它沒有一點留戀的感情。每每低了頭學著刷「泡裡許」或釘木板時，像有一盞兩盞的、輕輕颭動的小紅燈籠在眼前搖晃。黑沉沉的天，星星放出晶耀的光芒。吹冷的北風中，這家，那家，門前土牆上，有那些微映出淡紅色的小燈籠。……他想起來，便有一股不好過可帶著盼望的心情。回想擴大開去，又記起媽媽與紅眼姊姊燒年夜飯，鄰舍家有人從鎮上買來芝麻稭撒在小院子裡，大家踏上去，聽到輕快的響聲。

與自己彷彿大的孩子們，偷偷地跑出家門，向村前村後找燈籠看。幸而大人也忙，來來回回地在巷子口跑，不管孩子的事。阿寶在這樣情形下，也覺得分外嚴肅。大年夜裡，雖然是黃昏後，他與別的孩子們都不像平常日子那麼叫著、跳著的亂鬧。一切的鬼神，這一夜裡全會到地上來走一趟？誰家都有祖宗牌，那些陰魂總充滿了地面？這是他從幾歲起聽媽媽講過的，每個孩子有這同樣的記憶。不用約會，他們在昏黑中出來找小紅燈籠，都輕輕地放著腳步向前去，有點怕，卻不厲害。一股嚴肅氣壓住了荒野、樹林、墳地與每一家的房屋，也罩住阿寶與別的孩子們滿浮著希望的童心。

一隻狗在牆角汪汪叫過兩聲，大槐樹的乾枝子在頭上刷刷地響。他們互相挨緊，手拉著手，不敢作聲，如小偷似的慢慢向前蹭。小鄉村裡不過百十戶人家，其實在山前坡上，許多人家的紅燈籠早就可以瞧得見，但他們一定要爬上去又摸下去，排門去找。近前看，有的剛糊好的薄紅紙已燒了兩個窟窿，有的是一滴滴的蠟淚往下流，冰凍地上堆了點點紅痕。阿寶隨了同夥跑，嚴肅的恐怖敵不過熱望的尋求。不管回家後大人怎麼吵，他們在這晚上總要把任何一家的小紅燈籠看完，要把數目記清。

但這是幾年前的事了。前年——阿寶十二歲時，隨了李師兄好容易到鄉下看見過一次大年夜的小紅燈籠。他不好意思再約著小夥伴去排門看燈，媽，還有東鄰的巫婆貢大娘，都說：要在家中好好守歲，說點上海光景給她們聽。「你是出門的孩子了，再過三個年頭快要出師，還和他們玩，仔細要笑話你。」其實，沒有這樣的囑咐，阿寶的心事也不像從前那麼單純了。雖然回想起大年夜裡爬嶺，下山，排門看小紅燈那種滋味有點口饞。但是這一次回來，眼看著有些自己不明白的變化。還有在上海，在兩天的路上見到的事，使得常燒在心中的小紅燈籠——那微弱的光愈來愈淡。真的，他只是在吹去牆頭茅草的門口站了不大一會工夫，……不過兩年，高高下下的小紅點滅去不少，自己的門口很清靜，沒有以前那麼多的孩子挨來看燈。

聽媽媽說：這一百多家的人家搬走了十來家，有的雖沒搬走，但更是窮苦，因此，大年夜裡的小紅燈也愈來愈少。

因為說起年燈，他明白了好多事。在鄉下的愁苦光景充滿了他的心，越發把前幾年和小夥伴們挨門看燈的意思打消了。

及至再回上海，每晚上只要看見空中的「年紅燈」，他反而又憧憬著鄉下大年夜偷出去挨門看小紅燈籠的趣味，自己卻說不清為了什麼緣故。阿寶一面硬撐開瘦弱的膀臂推起小鐵車，一面又得用眼睛四下裡搜尋著，唯恐碰了行人的衣服，或者自己做了飛輪下的冤鬼。開始走的是條不很寬廣而最鬧忙的街道，兩旁幾乎被店鋪的軟招牌與減價廣告全遮住了。無線電機老早啞著鐵嗓子叫，又混亂、又聽不清的歌唱與演說，他不懂，為什麼在這麼吵鬧的街上還要加上這無道理的怪音?也知道為的招引主顧，可是怪聲音太多了，從樓上與靠道的門前一齊吵，彷彿作怪音的競賽，哪個走路的會因此住下來呢?

轉入這麼音聲複雜與許多車輛的馬路，他看不見那些空中的「年紅燈」了。眼前是小心向前走的路，路上有的是如平鋪了鋼刀背的明軌;有數不清的皮鞋:白色黃色的高跟鞋，軟軟的青緞與粗布鞋，還有草鞋與光腳板，在凌亂髒黑的道中流動。阿寶向地上溜一眼，不斷的鞋子確像水樣的急流，隔幾步，一塊報紙，一口稠痰，被那條「鞋流」衝去。

要等待十字路口的燈光的旋轉，要等待巡捕的哨子叫，要留心讓種種顏色的車輛走過去。阿寶累出了一身汗，把小鐵車才推出公共租界。到了那些較為清靜的路上，這裡，他不很熟，兩年中來過三回，馬路名字一點沒有道理，記一回幾天又忘了。幸而衣袋裡有老闆交付的那張發票，走不遠得問問路角上的巡捕。巡捕討厭這樣累贅車子，話不等說完，惡狠狠地催他快走，不要在路上停擱。他像是摸著路向前奔，氣喘不開，找不到哪個地方能夠休息一下。

記不清楚是什麼路了，在那裡有一幢幢好看的樓房，不像源生木器店所在那樣密密排起來的木門。春末晚風吹著樹葉子輕輕響動，沒有一串箭般的車輛，很清靜。偶然飄過一輛塗著銀色或金色的汽車，在路上是那麼輕又那麼快，真像一隻海上的小燕。阿寶的家鄉靠近海汊，從小時候就常常看見燕子在深藍色的大海上自由自在的飛翔姿勢，似乎從雲中飄下來，一點不吃力，也不忙。……現在，他偶然見到這樣幽靜馬路上的汽車，聯想又在他的記憶中活躍起來。

樹木與模糊的影子在家鄉中不曾引起他的感動。但是自從到了源生店以來，那條亂雜的街道上除了人、車子，便是兩旁的亂器具與小弄堂中的雜貨攤。從初春到秋後見不到一片樹葉，只有從玻璃窗外看見大木器行中在光亮的桌子上、花檯上，擺兩瓶時新的花朵，但也很少有，源生店中便沒有過。連暗影也找不到，上了板子門後，電燈熄了，真是黑得像漆洞。……然而難得的機會，阿寶這一晚上全見到了，從馬路旁大燈底下能看得清那些牆上蔓生的植物，鮮嫩的深綠色。從大鐵門外看，有草地的院子裡，淨碧得像澆上一層油彩，也有些地方是一片片暗影。花簾的窗裡投射出輕鬆的笑語與鋼琴的彈奏，阿寶不必提防衝撞著行人、車輛，他聽著，看著，臂力瀰散了好多，臉上汗也出得少了，慢慢地走藉以恢復疲勞。從樹木旁邊盡力向上瞧，星星的光卻看不清，像是空中織成了一個霧網，把那些自然放著光亮的東西收了起來。

說不出被一種什麼心情引動著，身體上的力量鬆下來，精神也不像在那些鬧忙的大道上那樣緊張。在陰鬱的樹下，阿寶不禁低下頭。滿臉灰汗幾乎擦著小車上襯了綠絨的玻璃桌面。車輪旁沒了那麼多的「鞋流」，暗閃著柏油黝光的地面，被小鐵輪緩緩地碾過，有一條看不清的線痕，向前去，……向前去，……他不知這一條陰鬱孤獨的路要什麼時候走完！

高腳跟點在水門汀砌花磚的行人道上，咯登，咯登，像奏著走路藝術的曲調。使他噁心的激烈香氣撲過，一張粉臉從路旁的門中突出來。她穿的是淡藍色長衣，長衣下那雙銀色的鞋子分外明亮，一步步有節奏地踏在這堅實潤濕的地上，是一種驕傲幸福的步驟。跟在這位外國樣女生物後面的，有一隻黃毛大狗，兩個孩子。孩子的年齡，阿寶猜著，大的與自己差不了好多；梳得光亮平分的柔髮，也像大人，穿著可體的鬼子衣服，短褲下露出白嫩膝蓋，衣扣上有一條閃閃發光的黃鏈子斜掛到上面小口袋裡。這孩子凸起狹小胸脯，學著外國人行道的姿勢。本不需那麼用力的一雙腳，他卻彷彿上步兵操般，一起，一落，都顯出步調來。在粉臉太太的身旁緊貼著一位小姑娘，比男孩低半頭。阿寶叫不出她穿的是什麼樣花綢子衣服，只看見紅花結的兩條飄帶在她那細長光潔的脖頸上拂動。牽狗繩子也拿在這小姑娘的手中。狗雖然像一匹小牛，可很安靜，翹起能夠豎立的三角耳朵，剛跑出刻鏤著黃銅花的大門便機警地四下望望，以後，悠閒地隨了這一夥向前去。

阿寶的車子正與他們對面走著，而且又同在這條馬路的一邊。從光明的大房間中搖擺出來的一群——粉臉太太、男孩、女孩，還有那隻威武的大黃狗，正要到擁擠的人群中與華麗耀目的大街上去消化晚飯時膩飽的食料，卻不料剛出大門，斜刺中遇到阿寶送木器的鐵輪車子。不十分明亮的路側，他們都向著車子上的東西楞楞眼，似是覺得有點怪，什麼時候了還在馬路上推著這樣物事。尤其是阿寶臉上橫一道豎一道的黑灰，活像舞台上的小丑角，那臉蛋緊貼在玻璃臺面上，綠色從玻璃下反映的明光使原來這小丑角的臉更像塗上一層鬼火，青不青，藍不藍的，多難看！那粉臉上的紅嘴角撇一撇，搖搖蓬散的鬈髮，吐一口氣，像是憎惡也像是嘆息。

黃毛狗很會看女主人的神氣，它有的是被豢養出的伶俐。在馬路上原用不到狂吠，但是女主人搖搖頭髮，狗也立刻豎起尾巴，對準阿寶把尖牙露出來。這彷彿是一個威嚇，也是一個輕蔑！阿寶本來仰著頭看車子旁的這群高貴生物，突然被黃毛狗的做勢一嚇，他下意識地把車子用力向內側偏去，沒留心，正好撞在粗鐵的電柱上。兩臂保持不住均衡的力量，木桌子在小車上原來拴得不牢，砰轟一聲，玻璃桌面倒在電柱旁邊，小鐵輪歪了一面，他的左腿立不牢，身子一偏，也隨了車上的重量向柱子撞去，右嘴角上一陣麻木，險些沒磕壞了眼角。

阿寶如從雲中墜下來，他歪坐在鐵柱旁守著那一堆碎玻璃，呆了，慘白電光照見他的右腳踝有一片擦破的血，與腳皮上的黑灰交映著。

那一群中的小姑娘哇的聲叫出來。

「媽，……阿媽，有血，……有血。……」

她的紅髮帶馬上貼在粉臉女人的大衣襟上，她是真實的吃了一嚇，嚇得不敢再看了。同時，那得意的黃毛狗汪汪叫了兩聲，用軟柔柔的鼻子到阿寶破了皮的足踝上嗅著。

男孩子立在側歪的車子前面，卻彎了腰大笑起來。

狗又翹起尾巴，但是輕輕地搖動，紅舌頭吐出來又收進去。

獨有粉臉的高貴太太，她像不忍心站著看這個道旁的喜劇，撫著伏在衣襟前的小姑娘的柔髮道：

「莫怕，莫怕！阿金沒有血！……一點點，你和哥哥往後去，我來看看。……」

她把小姑娘交與那英雄姿態的男孩子，可是男孩子不往後退，他要看看這喜劇中的小丑角怎麼下場。滿臉上忍著笑，不離開，小姑娘避到一棵樹後面，現在她不再叫「怕」了，而且瞪起小眼來也在瞧著阿寶，不過牽狗的繩子卻丟在地上。

「還不趕快推了車子走你的路，小孩子，傻望著不行。一會巡捕來了，馬路上——在這條馬路上能把車子丟下？不許！你不懂得章程？……唉，那些碎的碎了，你還湊得起？……走吧，你往哪裡去送家具？……倒好，可惜這個玻璃面子，好在桌子角還沒撞壞，再配上桌面也還好。……」

彷彿這小丑角自不小心把車子弄翻，與她的愛狗沒一點關係一般，她反而注意到那張精巧桌子的漆色與做工。阿寶呆瞪著眼說不出什麼話，他沒曾遇見過這樣的橫禍。他不敢想，碎了玻璃的桌子，那位年輕的女先生收不收？不收，他怎敢回去交代紅鼻頭的老闆？他完全在迷糊中了，兩滴熱淚從帶了眼屎的眼角邊淌下來，流到嘴角，浸在血腳上。

他對正審查他的那個粉臉沒答覆什麼話。

「咦！傻子，你不說話就完了？這在我大門口還好。再過去兩個門是外國人，若是在那邊，你這樣停下來也許外國人早喊了巡捕，東西不要緊，你不過磕破一點點皮算什麼！……你到底往哪條路上送？還遠麼？」

「那條路，……」阿寶歪著嘴角木然地強說出這三個字，他呆想一想，便從油膩膩的青布衣袋中掏出老闆給他的紙條。

「——什麼馬——郎路，聽說，還……還轉一條街？太太。……」

粉臉太太輕輕用右手的兩個指尖把那張印有紅字的發單取過去，指甲上微紅的蔻丹映著路燈，如幾顆放熟的櫻桃。

她念了數目又唸到地址，「嗯！……馬郎路××裡，第×號，……第×號，陳小姐。……」

她且不把紙條交還阿寶，用細指尖摩摩厚粉的前額，一條玄狐圍在她的頸上，兩個淨明的眼珠像狡猾地在她高高的胸前偷看什麼祕密。她重複唸著：「××裡第×號，陳小姐。……」末後，她不自禁地頓了頓腳。

「她，真巧，……又是那個老公的錢！……哼，該死！該死！……」

「喂！小孩，這位陳小姐自己去買的家具？——這個玻璃臺子，是不是？」她先不答阿寶問的道路遠近。

「是她，——陳小姐去買的，還坐著汽車。」

「汽車？她一個人嗎，沒有陪她去的？……什麼樣的人？……」

粉臉太太微現出詫異神色，搖搖頭，那兩個長鏈子的珊瑚墜在毛茸茸的耳輪下蕩動得很快。

阿寶說不出為什麼她問得這麼詳細。

「是今天過午四點半吧？我可記不十分清，總在四點以後。一輛黃汽車，陳小姐和一位先生，穿青絨坎肩的先生，——五十多歲。像是留了一撮小鬍子，他們一起到源生去買的。太太，人家很闊，汽車裡有好些小包，不知是到什麼大公司買的玩意。……太太，那位男先生說，這桌子大公司有的是，偏偏因為我們那邊是老做手，刻的花紋好，別處少見，還是特意買的。……您想，……我怎麼交代？……」

他說著淚珠順著掉下來，掩沒了嘴角的血跡，把兩頰上的黑灰沖成一片。

五十歲，……青絨坎肩，……一撮小鬍子，還坐的黃色汽車，……她不用再考問，有這幾點證據她全明白了。僥倖自己剛才的疑問不是神經過敏，不過她仍然像一個精細的偵探要再進一步找到更好的證據。

「小──孩！」她的聲音比以前有點顫動，「小孩，你……你很會說話，喂，我再問你，那有鬍子的男人，──那東西，是不是在他的坎肩扣子上掛一塊碧玉墜子？……」

阿寶大張著淚眼急切答不出來，他用赤腳穿的破鞋踏著地上的碎玻璃吃吃道地……

「碧玉？……什麼？我不懂。」

「碧玉……就是發綠的小玩意，像一顆貓眼那麼大，有金鏈子拴著，誰一見他的坎肩一定會看得到的。」

「發綠的小玩意？不錯……太太。那男先生，我記起來了，我那老闆與他們講著價錢，老是瞧那塊東西，像是塊蔥根──嫩蔥根，在坎肩上特別亮。太太……您怎麼曉得這麼清楚？……」

墮在絕望中的阿寶，這時被粉臉太太一層層的拷問引起了他的好奇心，把道路遠近與怎麼交代買主與老闆的事反而放鬆了一些。陳小姐，那穿青絨坎肩掛綠色玩意的男先生，大概這位太太都有點熟悉，一定他們住的也不遠。無論自己怎樣不中用，可是由那條大黃狗惹起的，她怎麼問的詳細，或者能給自己想個方法，免得老闆一頓打，──說不定因此便攆出來。阿寶本來機伶，這一霎，他倒不急著問路，知道哭也無用，他只希望臉前這位好心太太能破點工夫給自己一點幫助。

粉臉太太完全明白了，在設想中，今天午後的景像她全像親眼看見的那樣清楚：青絨坎肩，碧玉墜，黃色的汽車，停在源生門口，陳，那個妖媚的騷東西！也許穿的是上一回在××舞場那身淡紅色織著銀花的長衣？但這足夠了，她不願再問那女人衣服的色彩。橫豎他是瞞了自己的勾當，把大人與孩子們哄個飽，「公事忙，公事忙」，有時天明才回家，……還裝著辦交易所與銀號的事體。怎麼重要，累得常常夜間不能睡覺。自己不是不精明，可是男人們混在這個碼頭上，手眼大，場面闊，就是心眼笨點，從外頭許多的男女身上也學得更乖，何況他……他是老上海呢。

她反而像剛才撞碎玻璃受過傷的阿寶一樣，呆呆地挺立在鐵柱子前面，一時想不起對這小人講什麼話。心中說不出什麼味道，是妒，是恨，自己分析不清。銀色高跟鞋子用力踏在壞玻璃片上，咬緊了下唇，臉上的白粉略現青色。

她用一股熱情想著這苦味的侮辱，而站在她身後的男孩子卻一心掛唸著一瘦，一胖，那兩個白色的影子。他見阿媽盡著與這野小子——觸霉頭的小癟三叨叨不休，並且還問及爸爸穿的青絨坎肩，他耐不住了，用光亮的小皮鞋尖把柱子下的玻璃片蹴到馬路中心，接著跺了一下道：

「您還說，——還說！現在已經八點了，再晚一會又得叫汽車。媽、勞萊、哈代的電影就是今天晚上，……您不是早就說過？……」

阿寶摸不清這是一回什麼事，粉臉太太驟然添上了一臉怒色，圓胖的鼻翅子一扇一動地，似乎兩行牙齒也在緊閉的唇內咬得有勁，腮幫子微微高起。幹嘛？別人買東西她動氣？或者她替她的朋友可惜這只桌子碰碎了玻璃面嗎？阿寶剛才的一點點希望又開始動搖了，一顆不安定的心，這時跳得更厲害。聽那穿了鬼子衣服的男孩子的幾句話，雖然有兩個外國音不懂，可明白他是催著這位太太去看電影。無論如何，阿寶不好放走這個機會，仰仰頭再看那怕人的面孔，男孩子又連連跺腳。阿寶不自覺地把在店中求老闆息怒或是受責罰時唯一求饒的法子使出來。

顧不得地上濕漉漉的與玻璃屑隔著單褲扎得皮肉疼，老闆的木棒子與媽的黃瘦臉，如同兩條無形的鞭影把原有的不服氣，不怕硬，鄉間孩子的脾氣打消了。

他立時蹲伏在粉臉太太的長衣花邊下，嗚咽得說不出話來。

她只是皺起眉毛，對著向馬路的東口出神，似乎沒留心這小丑角有什麼舉動。對男孩子的急躁，她也不答覆。

男孩子突然看見這小東西演劇似的蹲伏地上，卻拍著手笑起來。本來想起那一對老搭當的怪樣就忍了一肚子笑，雖然催促著即刻往那個輝煌的電影院，可是眼前這好笑的場面引逗起小少爺的玩性，他又跺一次腳喊著：

「您瞧，……回過臉來瞧。他跪下了，……哈哈！」

太太轉過身子，從鼻孔裡嗤了一聲。

「白費！我管得了？……活該，應該給他點不順利。……」她也冷冷地笑了。

這個「他」字，阿寶分不清是在說誰，總覺得這位太太變化得太快了，為什麼因為告訴出是什麼樣人去買的木器，她對自己就那樣動氣？

「太太！……您，……我回去交代不了，玻璃碎了，那位女先生不收，我向……哪裡取錢？太太！……您一定認識她，求求您！……我……」

他伏在地上說著不是願說的話，一陣哭，把他幾年來的委屈借了這個偶然的事件傾吐出來。

「不干你事？小東西！你總得交代。……不錯，是我認識——是我認識，男的女的！……」

她又向男孩子說：

「回去，回去。電影不要看了，……金，來，到明天和你哥哥到公司去買玩意。」

小姑娘安靜地躲在鐵門旁邊，緊抱著懷裡的洋娃娃不做聲，男孩子搖搖頭。

「去，一定去！媽，您為什麼說不去？都是他撞碎了玻璃，您管他，去他的。……不去，沒有了，明天，……去？」

阿寶雖然蹲在玻璃屑上抽噎著，可是聽見這另有心思的太太不管自己的事，還說「活該」，緊接著驕傲的小洋鬼樣的男孩也說這樣話，他再煞不住火氣，急促地跳起來，擦擦眼淚道：

「怎麼？您不管，算了，還說『活該』？——什麼『活該』？不是您那條狗我會把車子撞到柱子上去？明明您認識的人，不做做好事替我說一句。『活該』！……窮孩子就是『活該』！」

她沒想到蹲在地上求饒的小東西還會有這個傻勁，她把一肚子的酸氣也發泄出來。

「『活該』，就是我說的『活該』呀！你還管得我說話？這地方可不是鄉下，容得你撒野，……哼，自己不小心，十多歲便會賴人，真正是小流氓！……不錯。男的，女的，我全知道，女的就住在……轉過馬路去不遠呀。你去送好了，……不『活該』難道是『應該』？這壞東西！」

「太太，您就應該罵人？」

那男孩因為媽媽碰到這件事沒好氣要他和妹妹回家，已經有點不高興，看見阿寶這時不但不求饒，反敢與媽鬥嘴，他立刻跳過一步，顯出小英雄的氣概。

「媽的！你是什麼東西，自己不當心，發野火，來，揍你！」

他一股怒氣撲到阿寶身邊，白嫩的小拳頭向阿寶的肩頭上捶了兩下。阿寶想不到會惹出孩子的進攻，即時往旁邊一閃，被橫倒在地上的桌子絆了一下，踉蹌地滾到車子的對面，話沒來得及說出。吐著舌頭的看家狗為保護主人，聳起尾巴從桌面上跳過來，狂叫著要撕破阿寶的皮肉。——

阿寶再不猶豫了，他顧不得事情有什麼結果，轉過來，把小鐵輪車的車把豎起，用力翻去，恰好壓在黃狗身上。用力太重，也把男孩子的左頰碰了一下。

即時，狗的狂吠與男孩子蹲在地上的哭聲合成一片，而粉臉太太的一隻手卻抓緊了阿寶的短髮。

尖銳顫動的喊叫從她的喉中發出，阿寶臉上先著了幾巴掌，狗從車輪下翻起身來對準阿寶的右腿猛咬了一口。在急遽的疼痛中，阿寶向抓住自己的女人用力撞了一下，便掙脫了那隻肥手，什麼也不顧，向馬路的東頭盡力跑去。

身旁擦過一輛汽車，險些沒把他卷在輪子下面。

而身後的人聲、腳步聲也集攏著追來，特別聽得清的是那個太太尖銳的狂叫：

「捉住他！……捉住這殺千刀小流氓！……快呀。……」

幸虧鬧事的地點離開這條幽靜馬路的轉角處很近，人急了，便會生出急智。阿寶知道自己的腳力不能與後面的追兵賽跑，何況足踝上擦破皮，右腿上又被那牲畜咬了一口。他躥過街角，迎面看見一片荒場，場上正在作大規模的建築工程：鋼骨架子，挖的深溝，磚石亂堆得像一片小山，還有些看不清的器具，電光很暗。他在這裡找到一個藏身處，那幾條溝不淺，他顧不得了，把小時候跳河溝的勇敢用出來，直向下闖，到底下倒沒覺得怎樣，只是足踝骨上有一陣劇痛，兩條腿全浸在泥水裡。

大約是這條苦肉計生了效力，追兵們敷衍過原告的面子後，不肯盡力搜尋。他聽見那一群人沿馬路走遠了，才爬出來，像小偷，越過了新在建築的荒場，向電燈光少處溜著。方向，他素來弄不清楚，何況是迷失在這曾未到過的地帶。不知是什麼路，也不知道是中國地方還是租界。他不敢快走，但又不能停下。褲子破了一塊，足踝上全是薄薄的一層泥水，臉上原有的黑灰塗和上黃泥點子，兩隻眼楞楞地，配著脫了兩個布鈕釦的青布小衫，他與街頭巷口的小叫化子一模一樣了。

像這樣骯髒的小叫化子在這個人口那麼多的大城市並不能惹人注意。阿寶的心裡卻像揣上一個饅頭，他躲開人多的大街，單找僻靜路亂撞，老遠看見有巡捕站的去處，他繞過去；其實已經感到疲勞的巡捕就看見他這樣，左不過盯一眼，哪能理他。

桌子碎了，車子也一定被人家推了去，源生店回不去，他這時倒不必再怕什麼了。恰是大海裡的一根斷線針，不知飄到哪裡？除掉嘴角、右腿、足踝上的傷痕，泥與血之外，他一無所有。平日半個銅子不會落到他的衣袋裡來，有時送東西遇見好說話的人家多給他二十個銅板，或者一張角票，回到店中，老闆照例搜一次，作半斤老酒的代價。所以這時他身上除那小衫破褲之外，就是一張毛邊紙發票也落到那位太太的手中做了物證。

快到夜半了，街上人漸漸見少，黃包車夫拉著空車在街角上打盤旋。四周的夜風從江面上吹過來還很峭冷。阿寶拖著沉重痛楚的腿也走不動了，打算不出怎麼樣過這一夜！天明後的事想都不想，腦子脹得要裂開，嗓子裡像起火焰，一陣瞌睡使他支持不了，只要有個地方就躺下去。

有崇高的樓房，有紳士妖女腳下的地毯，有散市後的空市場，有柔草的園地，可沒有阿寶躺的地方。到處是燈光，到處有巡夜的人，就在水門汀的鋪道上也難把身子放得下。

末後，他好容易踅到河邊，隔著鋼架大橋，看見河那面高樓的窗子中射出來的光亮，許多歡笑的拍掌聲伴著外國音樂一陣亂響。這邊陰森森的，碎石子砌成的堤岸卻十分冷靜。木船上都熄了燈火。船像是水上的家，一列一排的那麼緊接著。遠處，高空中一條綠線，一條紅線，變魔法似的兩條飛蛇在尖塔頂一上一下。阿寶看看周圍，他從岸上輕輕地爬到一隻還沒有載上貨物的船面，在繩索中間躺下去。

身底潮濕，腥臭。船下，汙黃得如發了酵的河水。

身上面，被汗沾透的布衫，口袋裡裝著四月夜的輕風，再往上，昏暗中映得像紅霧的天空，……難望見的星星。

就這樣，阿寶睡熟了。

痛苦，疲乏，恐怖，在下意識中使他的身子翻動，牙咬得直響，呻吟聲雜和著風蕩的水聲。

他不完全是在做夢，如醒來一樣。

每一個唾沫星噴到臉上都變成「活該」兩個狡猾的字形，向他刺射；厚粉的大臉張開血口似乎要把他吞下去；發票拈在紅鼻頭的粗指頭上說是他的賣身契；鬼子衣裝的孩子騎了黃毛獅子向自己撲來。……眼前盡是跳躍的光點；跳躍的黑衣怪物；跳躍的瘦骨架的活屍。……又一幕在一種親密希望的叫聲中：「你是出門的孩子，你是出門的孩子！……」遠遠閃出了引導自己的小紅燈籠，不知誰這麼親密希望地喊叫？但是他一出門，便踏到水裡去，被水裡的活東西咬得自己站不穩。……即時，一片冰鏡從水面漂來，聳身上去，冰鏡很快很快地飛走。……那遠遠的小紅燈籠，一點，一點，在前面向他微笑，向他引誘著，……漸漸靠近。

他覺得從圓鏡上一伸手便可掇得到它了。

一九三六年五月二十七日夜半

電子書購買　爽讀 APP

國家圖書館出版品預行編目資料

銀龍集：受壓迫的人民終將走向反抗一途，王統照寫動盪社會下的民間疾苦 / 王統照 著 . -- 第一版 . -- 臺北市：崧燁文化事業有限公司，2023.10
面；　公分
POD 版
ISBN 978-626-357-694-0(平裝)
857.63　112015249

銀龍集：受壓迫的人民終將走向反抗一途，王統照寫動盪社會下的民間疾苦

臉書

作　　者：王統照
發 行 人：黃振庭
出 版 者：崧燁文化事業有限公司
發 行 者：崧燁文化事業有限公司
E-mail：sonbookservice@gmail.com
粉 絲 頁：https://www.facebook.com/sonbookss/
網　　址：https://sonbook.net/
地　　址：台北市中正區重慶南路一段六十一號八樓 815 室
Rm. 815, 8F., No.61, Sec. 1, Chongqing S. Rd., Zhongzheng Dist., Taipei City 100, Taiwan
電　　話：(02) 2370-3310　　傳　　真：(02) 2388-1990
印　　刷：京峯數位服務有限公司
律師顧問：廣華律師事務所 張珮琦律師

定　　價：330 元
發行日期：2023 年 10 月第一版
◎本書以 POD 印製